더 늦기 전에

더 늦기 전에

— 송미경 수필집 —

정출판

새하얀 도화지에 낙서하듯 서술해 나가던 자잘한 글들이 내 삶 속에 체화되었다.

수필을 쓴다는 것은 나와 마주 앉아 맨 얼굴을 바라보는 것, 삶의 편린들을 모자이크 하듯이 나의 모습을 그려 왔다고나 할까. 늘 사유의 동굴 속에서 끝없이 근원적인 물음을 던져 왔지만 어떤 결론에도 도달하지 못하고 방황하기 일쑤였다. 그러나 불안과 모순의 물속에서도 햇빛은 비치고 있었다.

등단한 지 10년이 넘었지만 책 한 권도 내지 못하고 삶에 쫓기어 왔다. 이미 발표했던 글들과 서랍 속에서 햇빛이 들기를 기다리던 글들을 한 편으로 엮었다. 적잖은 산고産苦 끝에 내 이름으로 된 수필집이 탄생되었다. 처음 등단할 때의 설렘과는 또 다른 벅참으로 가슴이 먹먹하다.

그동안 좋은 글을 써야 한다는 강박관념에 시달려야 했다. 수필을 내놓을 때마다 부끄러웠다. 그냥 편하게 살아도 될 것을 때로는 후회하기도 하였고, 수없이 갈등하기도 하였다.

이제 나의 첫 작품집을 내면서 무거운 짐을 부려 놓는다. 그간 글을 쓰면서 기쁨이었든지 슬픔이었든지 집요하게 머리를 무겁게 하던 것들을 다 내려놓는다.

이 순간 칼릴지브란의 말이 떠오른다.

"사랑한다면 두 손 중 한 손을 놓아주라! 사랑하는 사람이 자유롭게 날아오를 수 있도록."

내가 날아오를 수 있도록 한 손을 놓아주고 등을 떠민 남편에게 사랑과 감사를 드린다.

그리고 좋은 책을 만들어 주신 출판사 편집부 여러분의 수고에 감사를 드린다.

또한 따뜻한 배려로 해설을 써주신 김종호 선생님께도 진심으로 존경과 감사를 표한다.

표제작 「더 늦기 전에」는 시아버지의 관한 이야기다.

생과 사의 갈림길에서 투병 중인 아버님께 이 책을 드린다.

아버님께서 힘을 얻어 벌떡 일어서시기를 기원하면서…….

2018년 6월

송 미 경

차례

3부 _ 어머니

차례

6부 _ 행복이 머무는 자리

1부
천 사람 중의 한 사람

수없이 만나고 헤어지면서
인연을 맺고 살지만 정작 나의 인생에 기록할 사람은
과연 몇이나 될까?

천 사람 중의 한 사람

휴대폰은 필수품이다. 수첩을 대신하여 모든 것이 휴대폰에 저장되어 있다.

나의 연락처에는 천 명이 넘는 이름이 저장돼 있다. 하나하나 정리하며 지워낸다.

한때는 어울려 잘 지내던 사람들이었는데 지금은 어디서 살고 있는지 묘연하다.

모두들 저만큼씩 제 길을 따라 떠나가고 없다.

'흐르는 것이 세월뿐이랴.'라는 글귀가 떠오른다.

내 휴대폰에 저장되어 있는 천 사람, 한때는 연락하고 문자를 주고받으며 바쁘게 오가던 때가 있었으리라. 지금은 희미한 기억 한편에 겨우 있는가 하면 아예 누군지도 모를 이름도 있다.

사람은 살면서 수없이 만나고 헤어지면서 인연을 맺고 살지만 정작 나의 인생에 기록할 사람은 과연 몇이나 될까?

하늘에 수없이 반짝이는 별들 중 이름을 붙여준 별들보다 이름 없는 별들이 몇 만 배, 몇 천만 배나 많지 않을까? 그 많은 별들 중 내게로 반짝이는 별은 몇 개나 될까?

휴대폰에 저장된 천 사람, 그래도 나와 눈빛을 주고받던 사람들, 그중에 어떤 위기에서도 나를 전적으로 지지해줄 사람은 있을까? 아니, 그보다 나의 마음을 송두리째 줄 수 있는 사람은 있을까? 있다면 몇이나 될까?

휴대폰에서 이제는 지워야 할 사람을 지워가면서 루디아드 키플링의 시를 읊조려본다.

천 사람 중에 한 사람은 형제보다 더 가까이 네 곁에 머물 것이다

인생의 절반을 바쳐서라도 그러한 사람을 찾을 필요가 있다

그 사람이 너를 발견하기를 기다리지 말고

구백 아흔 아홉 사람은 세상 사람들이 바라보는 대로 너를 바라볼 것이다

하지만 그 천 번째 사람은 언제까지나 너의 친구로 남으리라

세상 사람 전체가 너에게 등을 돌릴지라도

그 만남은 약속이나 바람이나 겉으로 내보이기 위한 것이 아닌

너를 위한 진정한 만남이 되리라

천 사람 중에 구백 아흔 아홉 명은 떠날 것이다

너의 표정에 따라 너의 행동에 따라 또는 네가 무엇을 이루는가에 따라

그러나 네가 그 사람을 발견하고 그 사람이 너를 발견한다면

나머지 세상 사람들은 문제가 되지 않으리라

그 천 번째 사람이 언제나 너와 함께 물 위를 헤엄치고 또는

물속을 기꺼이 너와 함께 가라앉을 것이기에

때로 그가 너의 지갑을 사용할 수도 있지만

너는 더 많이 그의 지갑을 사용할 수 있을 것이다

많은 이유를 대지 않고서도

그리고 날마다 산책길에서 웃으며 만나리라

마치 서로 빌려준 돈 따위는 없다는 듯이

구백 아흔 아홉 명은 거래할 때마다 담보를 요구하리라

하지만 그 천 번째 사람은 그들 모두 합친 것보다 더 가치가 있다

왜냐하면 넌 자신의 진실한 감정을 그 사람에게 보여줄 수 있으니까

그의 잘못이 너의 잘못이고

그의 올바름이 곧 너의 올바름이 되리라

태양이 비칠 때나 눈비가 내릴 때나 구백 아흔 아홉 사람은

수치스러움과

모욕과 비웃음을 견디지 못할 것이다

하지만 그 천 번째 사람은 언제나 네 곁에 있으리라

함께 죽음을 맞이하는 한이 있더라도

그리고 그 이후에도…….

　　　　　　- 루디아드 키플링 〈천 사람 중의 한 사람〉 전문

나는 누구에게 반짝이는 별일까.

그분

살아가면서 우리는 수많은 사람들을 만난다. 옷깃만 스쳐도 인연이라는데 내겐 특별히 기억 한편에 소중하게 간직하고픈 사람이 있다. 크고 작은 산들을 무수히 품고 흐르는 큰 산맥과도 같은 분, 강물처럼 조용히 흐르면서도 바다로 가는 길을 잃지 않는 분이 계시다. 제주를 떠난 지 몇십 년이어도 제주 사람보다 더 제주를 사랑하는 사람을 안다.

누구나 마음에 섬 하나씩 지니고 산다 했는가.

서울에 수십 년을 살면서도 고향을 사랑하는 뼛속까지도 제주인 사람, 타향의 고달픔 속에서도 제주의 수선화처럼 소탈하고 순수한 모습을 간직하고 나보다 다른 사람을 배려하며 봉사하는 분이시다.

그분이 제주도지사 후보로 출마하면서 어느 지인의 소개로 처음 알게 되었다.

그분은 까마귀 싸움 같은 선거판에 환멸을 느끼고 후보를 사퇴하고 말았다. 원래 강직하시고 정도의 길을 걷는 그분에게 정치란 아무래도 맞지 않는 옷이었는지 훌훌 털고 원래의 자리로 돌아갔다.

그분은 제주에서 태어나 제주에서 고교를 마치고 H대 의대에 진학을 하였고 그 힘든 수련의 과정을 마치고 의사가 되었다. 그 후 무엇보다 사람의 생명을 존중하는 의사로서 인술의 길을 걸으면서 사회의 어두운 곳을 밝히며 봉사의 삶을 실천하는 의로운 사람이다.

그분은 이 시대의 진정한 스포츠맨이시다. 고교시절부터 못하는 운동이 없을 정도로 만능 운동선수였고 의술의 길을 걸으면서도 OB베어스 팀 닥터로, 88서울올림픽 국가대표팀 주치의로 활약하였다. 축구, 탁구, 유도 등 국가대표 선수들 중 그분의 손길이 닿지 않은 분은 없을 정도이며 육체의 아픔은 물론 마음의 병까지도 들여다보고 어루만지셨다.

큰일을 할 사람은 하늘이 점지해 주신다고 하던가. 스위스의 뉴세븐원더스 재단이 추진하는 사업으로 전 세계 네티즌들이 인기투표를 통해 세계적인 자연경관 중에서 가장 아름다운 곳을 선정하게 되는데, 지금도 생생한 2011년 11월 12일 제주 온 도민의 환호 속에 우리 제주가 세계 7대 자연경관에 선정되었고, 이로써 세계 유일의 유네스코 3관왕으로 제주도를 만천하에 알리게 되었다. 여기에도 그가 최선을 다하였다는 것은 알 만한 사람은 다 알고 있는 사실이다.

한·중 수교에도 큰 역할을 한 장본인이시다. 또한 한국 탁구의 국가대표 안재형과 중국의 여자 탁구선수 자오즈민의 국경을 초월한 핑퐁커플의 사랑 이야기는 너무도 잘 알려져 있다.

고향에 대한 끝없는 그리움은 고향 발전을 위한 일에 그를 발벗고 나서게 하였다. 재외 제주도민 연합회 회장으로서 제주도민들의 권익증진에 전력을 다하였으며, 김만덕의 나눔의 정신을 본받고자 설립된 김만덕 기념 사업회 공동대표로서 제주는 물론 해외에까지 노블레스 오블리주의 나눔 정신을 실천하고 계시다.

까다롭고 예민할 것 같은 외모와는 달리 만날수록 소탈하고 편안함으로 다가오는 분, 한결같이 인자하고 넉넉하신 분, 평생 인술을 베풀면서 자신보다 남을 먼저 배려하면서 사후 본인의 시신도 기증하기로 하였다. 사람으로 태어나서 어떻게 살아야 하는가를 몸으로 보여주시는 분. 이렇듯 훌륭한 스승을 가까이서 느낄 수 있어 행복하다.

사람은 누구나 자기만의 길이 있다. 의사로서 한평생 사랑을 나누며 봉사의 삶을 실천하는 소리 없는 울림은 무엇을 의미하는지 알 것 같다.

우리는 선각자의 살아 있는 정신을 귀감으로 삼아야 한다.

사랑은 아무리 내주어도 마르지 않는 샘물처럼 솟아나는 것이다. 이제야 조금은 알 수 있을 것 같다. 그분이 삶의 철학으로 여기시는 깊은 뜻과 소리 없는 가르침은 무엇을 말하는지, 그리고 따스한 가슴은 무얼 원하는지 말이다.

미소를 보여 주세요

"화난 얼굴은 싫어요. 미소를 보여주세요!"

티브이 광고에서 자주 들었던 귀에 익은 멘트이다.

'작은 미소, 작은 친절'이 어디 고객을 끌어들이는 상업적 수단으로만 필요한 것일까.

우리의 사회를 아름답게 하고, 풍요롭게 할 뿐 아니라 개인의 삶의 질을 향기롭게 하는 데도 꼭 필요한 덕목이 아닐까.

올해 제주도에서는 관광객 1000만 명 유치를 목표를 최우선 정책과제로 추진한다고 한다.

"모든 자원규모가 작은 제주도의 미래는 관광산업 아니면 바라볼 곳이 없다. 하여 관광 종사자들을 시작으로 친절 서비스 교육을 확대하여 전 도민을 관광 요원화하여야 한다. 한미 FTA로 인해 1차 산업은 붕괴될 위기에 처해 있으며, 지금의 제주경제는 오래전 외환위기를 방불케 할 만큼 심각하다."

강사가 열변을 토하신다.

이미 보고 듣고 알고 있는 내용이라 약간은 지루하기도 하였지만 고인 물은 썩게 마련이듯 우리 스스로 변화하지 않고서는 살아남지 못한다는 것을 왜 모르겠는가.

관광객 유치가 말로만 외친다고 될 일이 아니기에 그동안 너무도 안일한 우리의 자세를 반성하고 방관적인 자세에서 주인의 입장으로 대전환이 필요하다 할 것이다. 그것은 아무리 천혜의 관광자원을 갖고 있다 하여도 개개인이 마인드가 되지 못하면 국제적인 관광지로 발전해 나아가기는 어려울 것이기 때문이다.

지난여름 일본에 다녀올 일이 있었다.

일행들과 함께 어느 조그마한 상가에 들렀다. 잠깐의 시간적 여유가 있어서 시간도 보낼 겸 아이쇼핑을 즐기며 여기저기 한참을 둘러보았다. 쇼윈도에 걸려 있는 티셔츠도 입어 보고 진열되어 있는 여러 종류의 물건들도 만져 보며 시간을 보내고 있었다.

어느 정도 시간은 흐르고 미안한 마음이 들었다. 마음에 그리 썩 드는 물건은 아니지만 간단한 티셔츠라도 사야겠다며 만지작거리고 있는데 종업원인이 가까이 다가와서는 미소 띤 다정한 얼굴로 "원하는 물건이 없으세요?"라며 이미 손님의 마음을 읽고 있다는 듯이 말했다.

우리는 서둘러 종업원의 표정을 살피며 잘 되지 않는 서툰 언어로 의사표현을 하였다.

그러나 웬걸 그 직원은 너무도 공손한 태도로 "찾는 게 없어서 미안합니다. 혹 다음 기회에 찾아 주시면 원하는 상품을 꼭 준비해 놓겠습니다."라며 오히려 우리에게 죄송하다는 말까지 하는 것이다. 과분한 친절에 오히려 내가 미안한 마음이 들 정도였다.

만일 우리 주변의 상가나 시장에서 똑같은 상황이라면 어떠 했을까.

그나마 물건을 사면 다행이지만 찾는 물건이 없어 그냥 돌아서 나올 경우 뒤에다 대고 재수 없다는 쓸쓸한 표정은 짓지 않았을까. 예전에 비해 많이 변화되었다고는 하지만 우리 스스로가 한 번쯤 돌아보아야 할 일이다.

나보다 남을 먼저 배려하는 것이 곧 나를 위한 것임을 모르고 산다.

'작은 친절, 작은 미소.' 오늘 하루뿐인 삶이 아니기에, 그리고 사람과 사람 사이에 가장 따뜻한 연결고리이기에, 그리고 나의 아름답고 풍요로운 삶을 위하여 꼭 필요한 덕목이 아닐까.

날마다 많은 사람들을 만난다. 힘든 날에도 사람들로 하여 늘 힘을 얻는다. 건강하고 아름다운 사람들이 나를 일깨운다. 친절하고 따뜻한 사람들이 나를 감동시킨다. 그래서 늘 고맙다.

노점상 할머니

몹시 추운 날이다.

노점상 할머니가 꽁꽁 언 몸에 시린 손 호호 불며 가게 안으로 들어선다.

안쓰러운 마음에 따뜻한 커피 한 잔을 타 드렸다.

온몸이 사르르 풀린다며 연신 고맙다고 고개를 주억이신다.

할머니는 눈이 오나 비가 오나 언제나 한결같이 손수레에 물건을 가득 싣고 시내 곳곳을 누빈다. 휴일도 없이 매일 조그마한 리어카에 양말 스타킹 등 온갖 잡화들을 싣고 팔러 다닌다. 몇 해 전 할아버지가 돌아가시고 나서 집으로 들어가는 일이 싫어졌다고 하신다.

오늘처럼 추운 날은 집에서 쉬었으면 좋으련만 할머니의 영업장은 쉬는 날이 없으시다. 물건을 팔든 못 팔든 사람 구경하는 게 좋고, 또 그렇게 하루해를 보낸다고 한다.

요즘 들어 무척이나 쓸쓸해 보인다.

할아버지가 살아 계실 때엔 말벗도 하고 함께 의지하며 살았는데, 지금은 일을 마치고 집에 가면 반겨주는 사람 없이 손바닥만 한 방이 그렇게 넓을 수가 없다고 하신다.

평생을 장터나 거리에서 노점상으로 늙으셨다는 할머니는 그러한 자신의 삶에 아무런 불평도 불만도 없다며 오로지 제할 일만 묵묵히 하신다. 목구멍이 포도청이라 어쩔 수 없이 밥 한술로 허기를 채우며 이런저런 생각에 뒤척이다 보면 하루가 가고, 이렇게라도 사람들을 만나는 것이 유일한 낙이라며 사투리로 엮으시는 넋두리가 길게 이어진다.

하루가 다르게 허리는 땅을 향해 간다. 가지런히 행상 위에 놓여 있는 물건을 이리저리 뒤척이는 할머니의 손등은 그 세월에 마치 나뭇등걸처럼 울퉁불퉁 굳어졌다. 사람이 그리워 발자국 소리만 들어도 살아 있는 것을 느낀다는 할머니의 말씀에 가슴이 뭉클하다.

평소에 말씀도 없으시고 통 속내를 보이지 않으셔서 자식들이 없나 보다 했는데 웬일로 오늘은 자식들의 얘기를 들려주셨다. 작년에 큰아들은 먼저 하늘나라에 가고, 작은아들은 그냥저냥 근근이 살아간다는 거다. 얼마 전 예쁜 손녀딸을 얻었다며 빙그레 웃으신다.

할머니가 며칠째 보이지 않아 어디 아프신 건 아닌지 걱정하였는데 오늘 다시 나오셨다.

"무슨 일 이섯수광?" 물으니 아들이 이제는 장돌뱅이 그만하라며 리어카를 숨겨버렸다는 것이다. "게문 날 빨리 죽으랜 허염시냐?" 악을 썼더니 아들도 할머니의 고집을 꺾지 못하고 순순히 리어카를 내어주더라, 하였다. 그랬다. 노점상 단속에 이리저리 숨어 다니면서도, 그리고 아무리 고돼도 노점상을 하는 것은 할머니의 삶 그 자체이며 할머니의 하루하루 견디는 힘이 되었다.

오늘따라 서둘러 들어가시려는지 할머니의 손길이 바쁘시다.

"무사 영 일찍 문 닫암수광? 무슨 좋은 일이 있는 모양이다예." 인사를 건네자 할머니는 함박웃음을 지으시며 "오늘이 우리 손주 첫돌이여!"

모처럼 함박같이 웃으신다.

비운다는 것

  늦은 오후 한가한 시간에 딸과 함께 대형마트를 찾았다. 입구로 들어서자 화장품 판매대에 한 청년이 손바닥을 치며 사람들의 시선을 끌고 있다. 몇몇 여인들이 모여 소곤거린다. 선착순 20명에게만 주어지는 혜택이란다. 대형 회사의 홍보비를 절감해 소비자에게 돌려주는 혜택이란다. 상품을 직접 써보시고 나서 주변에 홍보해 달란다. 오늘 이후엔 이런 좋은 기회가 주어지지 않는다는 말까지 덧붙인다. 말쑥한 청년의 그럴싸한 입담에 여인들이 새치기까지 하며 줄을 선다. 웬만해선 감언에 기웃대는 편이 아닌데 그날따라 뭔가에 홀린 듯 나도 어깨를 비벼대며 대열에 끼어들었다.

  마음속으론 오늘 운이 대박이구나 생각하며 그 대열에 나란히 줄을 서서 상품에 대한 설명부터 듣기 시작했다. 그 청년이 내는 문제를 놓칠세라 정신을 집중하고 정답을 맞히는 동안 내 봉투엔 공짜 상품이 한 아름 담겨져 갔다. 옆에서 딸이 팔을 끌었지만 막무가내로 자리를 굳게 지켰다. 한 봉지 가득 공짜로 얻은 상품을 지긋이 보며 횡재한 기분마저 들었다. 나뿐 아니라 다른 사람들도 취한 듯 저마다의 봉투를 바라보며 포만감에 사로잡혀 있었다. 얼마의 시간이 지났을까? 그게 아니었다. 시중가 70~80% 할인된 가격으로 샘플로 받은 허접한 몇 가지 빼놓고는 모두 계산을 하는 것이었다. 너무 황당했다. 순진한 시골 아줌마로 전락하는 순간이었다. 뭔가에 된통 얻어맞은 느낌이 들었다.

대충 몇 가지 계산하고 나오는 발걸음은 허탈하기만 했다. 순간 화도 나고 이런 나 자신이 한심하기까지 했다. 내가 꿈쩍도 안 하자 혼자 마트에서 필요한 것들을 사 들고 온 딸은 개도 안 넘어갈 상술에 속아 넘어간 엄마를 애처로운 눈으로 본다.

요즘 아줌마들 사이에 불문율처럼 통하는 말이 있단다. 상가의 커다란 현수막에 30% 세일이라면 고개 돌려 한번 쳐다보고, 50%세일이면 서서 골라 보다가 7~80% 세일이라면 무조건 사 들고 온다는 것이다. 충동구매에 못 이겨 별로 필요하지도 않은 것을 마구 사들인다는, 딱 엄마를 두고 하는 말이라며 한마디 꼬집는다.

집으로 돌아왔는데 마트에서의 일이 잊혀지지 않았다. 물건을 욕실 서랍장에 정리하려고 문을 여는 순간 여기저기 채우지도 못할 만큼 필요하지 않는 물건들로 자리를 가득 메우고 있다. 옷장도 마찬가지다. 유행이 지나 몇 년째 입지 않는 옷들로 가득하다. 버리자니 아깝고 그냥 두자니 허접스럽고 괜히 마음만 답답하다.

비워야 할 때가 된 것이다. 비워야 될 것이 어디 물건뿐이랴.

나를 어지럽히는 것들이 모두 욕심에서 비롯되었다는 것이 아프게 다가온다.

이제 정말 마음을 비울 때가 아닌가. 어느새 내 나이가 그렇게 되었다.

창문 너머 하늘에 흰 구름 한 점 외롭게 떠간다.

인연

삼복더위가 한창 기승을 부리는 팔월, 일본행 비행기에 몸을 실었다.

멀게만 느껴왔던 일본, 1시간 40여 분쯤 짧은 비행 끝에 간사이 공항에 도착하였다.

수많은 그리움과 부푼 기대를 안고 오사카 공항에 도착한 시간이 오전 12시 30분쯤, 막 출구를 나서려는데 낯익은 얼굴이 한눈에 들어왔다.

정말 오랜만이었다. 무척이나 외롭고 힘들었을 텐데 온화한 모습이 평화로워 보인다.

언제나 수수한 옷차림에 소탈한 성품이기에 오랜 만남에도 별 어색함 없이 매일 만나는 사람처럼 편안하다.

우리는 반가운 마음에 서로 먼저 이야기하려고 정신이 없었다.

공항을 벗어나 버스를 타고 언니가 머물고 있는 코리아타운이라는 마을, 한국의 소도시 같은 곳의 아담한 다다미방에 가지고 온 여장을 풀었다.

3박 4일간의 일정으로 가족의 울타리를 완전히 벗어나 자유의 몸이 된 지금, 일상의 모든 짐을 내려놓은 모처럼의 휴가다. 끊임없이 이어지는 언니와의 대화, 오랜 시간이 흐르고 많이 힘들었을 텐데 예전 모습 그대로였다.

내가 찾은 곳이 제주 사람들이 모여 사는 마을이라 제주를 떠나 외지에 왔다는 느낌이 전혀 없다. 어디를 가든 따뜻한 마음은 저절로 향기가 전해지는 것이라 주변엔 좋은 사람들로 가득하였다.

그곳에서 친분을 맺은 몇몇 이에게 내가 온다는 말을 했는지 먹거리를 준비해 놓고 호기심 어린 눈빛으로 도란도란 둘러앉아 기다리고 있었다.

다음 날, 미리 예약해 놓은 온천으로 간다며 새벽부터 서둘러 준비하는데 그곳에서 가깝게 지내고 있는 부부가 승용차를 가지고 집 앞으로 마중 나왔다.

온천을 향한 우리는 서너 시간 운행을 한다기에 아침에 출발하여 휴게소에서 간단히 점심을 해결하고 장거리 드라이브를 즐겼다. 마침 시기가 연휴인 관계로 도로마다 자동차들이 즐비하게 늘어져 심각한 정체현상이 몇 시간째 이어진다.

구불구불한 도로를 지나 두 번째 휴게소를 거치는 동안에도 우리들의 그칠 줄 모르는 대화로 차는 시끌벅적 요란스럽다.

가로수 양옆으로 길게 뻗은 산맥이며 산줄기를 가로지르는 일본 고유의 가이즈까 향나무가 온 산을 뒤덮은 풍광에 잠시 넋을 잃었다. 인공이 전혀 가미되지 않는 순수한 자연에 감동을 하며 자연의 위대함에 저절로 감탄사가 연달아 나온다.

한참을 달린 후 장거리 운행의 종점인 아늑하면서도 조용한 온천에 도착하였다.

직원으로 보이는 듯한 나이 드신 분이 마중을 나와 우리들을 반갑게 맞아주며 일본 전통 의상인 기모노를 건넨다.

그곳에서 우린 교양 있는 직원들의 서비스를 받으며 일행들과 함께 저녁 식사를 하는데 마음은 부자가 된 듯 가득 찬 포만감이 찾아든다. 이런 게 행복이라면 행복일 것이다.

하늘이 훤히 들여다보이는 노천탕에서 온천을 즐겼다. 그야말로 온천은 생활에 지친 피로를 푸는 곳으로 적당한 장소다. 말로만 듣던 온천수에 몸을 맡기니 몸과 마음은 새털처럼 날아갈 듯 가볍다.

푸른 산자락 사이로 노천탕의 끓어오르는 온천수에 몸을 의지한 채 우리는 밀린 이야기꽃을 풀어내느라 시간 가는 줄 몰랐다. 친절이 가미된 서비스와 주변 경관이 어우러져 몸과 마음은 최상의 힐링이었다.

의미 없이 다가와 부딪히는 수많은 인파의 무리 속에 우리가 이 자리에 오기까지의 만남은 우연이라 하기엔 너무도 특별한 만남이다.

비록 피를 나눈 형제는 아니지만 형제보다 더 따뜻한 온기를 나눌 수 있는 인연에 소중함을 느끼며 피곤에 지쳐 잠들어 있는 언니의 모습을 보며 가슴 한편이 애잔하게 아려온다.

다음 날 아침, 밤늦도록 대화를 나누다 잠든 탓에 시간 가는 줄도 모르고 새벽잠에 한참 빠져 있을 무렵 간지러운 아침 햇살이 단잠을 깨운다.

신선한 아침 공기가 상큼하다. 창밖으로 넓게 펼쳐진 호숫가엔 물안개가 자욱하게 피어오른다.

큰 파도가 달려와서 바위에 부딪치면 온몸이 흔들리는 바람에 정신까지 잃어버린 사람들이 대부분이지만 고통 속에서도 모방할 수 없는 정신력은 산 교육이 따로 없다.

요즘 세대에 선생은 많지만 진정한 스승을 찾아볼 수 없다고 말을 한다. 하지만 내게 있어 언니는 인생의 선구자로 산 교육을 실천하는 살아 있는 스승이나 다름없다.

이번 여행은 살아오면서 경험하지 못했던 삶의 많은 부분들을 일깨웠으며 언니는 내게 더없이 소중한 친구이자 든든한 인생의 동반자라는 것을 다시 한 번 확인시켜 주는 시간이었다.

여행을 마치고 돌아오는 길, 공항에서 언제까지 예고 없는 이별을 하게 될지 모르지만 변함없는 사랑에 감사하며 언니의 진실한 마음이 나를 더욱 작게 만드는 생각에 부끄러움이 앞선다.

살다 보면 언젠가는 보답할 수 있는 날이 올 것이라는 기대를 하며 건강하게 머물 수 있길 기도해 본다.

한라산을 오르며

일요일이다. 어리목에서 윗세오름까지 등반을 나서기로 약속한 날이다.

초여름 동이 트기가 무섭게 눈을 뜬 시간이 새벽 5시 무렵, 늘 함께 동행하는 일행 중 먼저 일어난 사람이 잠을 깨우고 산행에 나섰다. 한라산을 향한 차는 새벽 공기를 가르며 달리는데 유리창엔 빗방울이 하나둘 떨어진다. 그냥 돌아설까 하다가 모처럼 강행한 일이라 도중에 하산하는 일이 있어도 일단 시도해 보자며 도착한곳이 어리목 입구까지 오게 되었다. 6시가 조금 넘은 새벽인데 주차장엔 기후와 상관없이 차들이 즐비하게 늘어서 있다.

한라산 일대는 마치 병풍을 펼쳐놓은 듯 암석들 사이로 안개가 자욱하게 깔려 있어 한 폭의 풍경화를 보는 듯하다. 행여 비가 내릴까 미리 준비해 온 우의를 입고 윗세오름을 향하여 등반길에 나섰다.

푸른 숲 속의 싱그러움이 정신을 맑게 한다. 발밑으로 느껴지는 자갈 밟는 감촉은 몸속에 잠자고 있던 세포마저 깨우고 있다. 계단 입구로 들어서자 밤새 내린 비로 계곡은 이미 물이 넘쳐 겨우 발을 디딜 만한 곳이 보일 듯 말 듯 아주 위험한 상황이다. 자칫 잘못하면 큰 물살로 인하여 급류에 휩쓸릴 것 같은 위태로운 상황이다. 순간 산행을 포기하고 그냥 돌아 설까 하며 망설이는데, 함께 간 일행이 선두에 서서 언제 건넜는지 계곡 건너편에서 어서 오라며 손짓을 한다.

날씨조차 안 좋은 상태라 등반하기도 미끄럽고 버거운데 물살을 건너뛰라니, 우선 용기가 없었다. 잔뜩 겁먹은 나를 돌계단을 이용해 건너오라며 손을 잡고 나서야 겨우 계곡을 건널 수 있었다.

숨은 턱 밑까지 차오르고 땀은 등줄기를 타고 흘러내린다. 어느덧 계단을 지나 시야가 확 트인 경사에 다다르자 언제 그랬냐는 듯 비 온 뒤의 청아함이 깨끗한 공기와 어우러져 환상적인 아름다움이 연출된다.

사제비 동산에서의 신비롭고 광활한 자연 경관은 단번에 모든 시름을 잊게 할 만큼 아름다움의 극치를 이룬다. 자연이 들려주는 바람소리는 잘 숙련된 오케스트라처럼 훈풍의 지휘에 맞추어 하모니를 이룬다.

불과 몇 분 전까지만 해도 모든 것을 포기하고 돌아가고 싶은 심정뿐이었는데, 힘든 과정을 거친 후 주어지는 평화가 이런 기분일까. 창조주의 가장 신비로운 작품들을 훔쳐보는 듯 경이로운 순간이 연출된다.

수줍게 고개를 내민 이름 모를 초목들도 찬란한 햇살을 받으며 꿋꿋한 생명을 과시하며 온갖 축제를 벌이고 있다.

자연이 인간에게 베푸는 무한함에 조금은 더 너그럽고 겸손하게 살아야겠다는 다짐을 하며….

윗세오름에서의 올려다본 광경, 거친 암벽으로 이루어진 백록담 분화구의 모습은 볼 때마다 다른 모습의 웅장함으로 다가온다.

산 곳곳에 박힌 기암들은 저마다의 사연을 품고 있는 듯 온갖 형상들을 하고 있다.

구름과 암석이 조화를 이루며 운무를 만들어 놓는 사이 자연을 벗 삼아 먹는 컵라면은 그야 말로 꿀맛이다.

자연이 주는 시련을 통하여 삶의 의미를 되새겨 본다. 우리가 살아가는 과정에서 겪게 되는 온갖 희로애락은 우리네 생의 삶의 축소판이다.

자연은 그저 바라보는 것 자체만으로도 행복하다는 것은, 자연을 즐길 줄 아는 사람만이 공유할 수 있는 작은 행복일 것이다.

행운을 드립니다

정초에 우연히 신문을 보다 재미있는 글을 발견하였다. 살다 보면 누구에게나 인생에서 두세 번은 대운이 찾아온다고 한다. 운을 찾아 매주 복권을 사는 사람이 있는가 하면 좋은 운을 받으려고 기도하러 다니는 사람도 있다. 운을 받는 데도 원칙이 있다고 한다. 중요한 것은 본인의 마음의 준비. 여름 장마철이 되면 소나기가 내리기 마련이고 이때 어느 정도의 그릇을 준비하느냐에 따라 각기 다른 용량의 빗물을 받는다. 찻잔을 준비한 사람은 찻잔만큼의 빗물을 받고 드럼통을 준비한 사람은 드럼통 크기만큼 받을 수 있다. 문제는 준비가 되어 있어야 운을 받을 수 있다는 점이다.

첫째, 말이 적어야 한다. 말이 많으면 들어오는 대운을 받지 못한다. 받는다는 것은 수용적인 태도이다. 말을 많이 하게 되면 수용적인 태도를 유지하지 못한다. 운이 들어오려고 하다가 나가 버리는 수가 많다.

둘째, 수식어가 적어야 한다. 수식어가 많으면 말이 길어진다. 결론만 간단히 말하는 훈련이 필요하다.

셋째, 찰색察色이다. 얼굴 색깔이 좋아야 운을 받는다. 화를 많이 내거나 걱정이 있거나 욕심이 많으면 마음 상태가 얼굴 색깔에 반영된다. 마음이 평화롭고 담담해야 얼굴 색깔이 편안하게 나타난다. 운을 받는 사람들을 만나보면 공통적으로 얼굴 색깔이 빛나면서 온화하다.

매일 아침 거울을 보며 얼굴 색깔을 관찰할 필요가 있다.

넷째, 현관을 들어갈 때 신발을 가지런히 벗어 놓아야 한다. 신발을 벗어 놓은 상태를 보면 그 사람의 평소 마음가짐이나 수신修身 상태를 파악할 수 있다. 신발이 어지럽게 놓여 있으면 기본이 되어 있지 않은 것이고, 기본이 되어 있지 않으면 다가오는 대운을 받지 못한다고 보는 것이다.

지난해 아쉬움과 보람으로 함께한 사람들 모두에게 감사드린다. 기쁜 일 슬픈 일 가슴 아픈 일들이 많았지만 그 일 역시 나를 단련시키는 과정임을 믿는다.

올해 시작하면서 참으로 귀한 말씀 듣게 되어 감사하다.

운을 중요하게 생각하는 사람이라면 반드시 새겨들을 말이다. 좋은 운을 받아 행운이 넘치는 나날이 되었으면 한다.

또 하나의 추억을 만들며

서울에서 귀한 손님이 찾아왔다. 어릴 적 고향에서 함께 자란 친구이다.

친구를 생각하면 관포지교管鮑之交라는 사자성어가 떠오를 만큼 나에겐 소중한 벗이다.

서로가 멀리 떨어져 살면서 삶에 쫓기다 보니 자주 만날 수는 없었지만, 그래도 수화기만 들면 어김없이 "야호!" 하고 대화에 몰입하여 시간 가는 줄을 모르는, 나의 멘토이자 좋은 친구이다.

남과 다르게 조금은 특이한 감성을 가지고 있는 친구는 한마디로 맑은 영혼의 소유자로 그냥 친구이기보다는 정신적 지주라고 해야 더 적절할 것이다.

사는 일이 힘들거나 외로울 때면 친구에게 전화를 걸어 한바탕 수다를 떨고 나면 비록 문제의 해결점은 찾을 수 없더라도 가슴 가득 쌓여 있던 무거운 짐들은 한결 가벼워진다. 늘 허기져 허우적거리는 내게 영혼의 비타민 같은 존재라고나 할까.

성서에서 솔로몬이 사람은 많으나 정작 사람이 없음을 통탄하지 않았던가, 라는 구절이 있다. 주변을 둘러보면 사람들은 많지만 진심으로 자신의 마음을 헤아려 주고 격려해 주는 사람은 몇이나 될까. 마음에 맞는 사람을 얻는 것은 천군만마를 얻은 것과 같다고 하였다.

자신의 마음을 진심으로 알아주는 사람이 있다면 그것만으로도 세상의 비바람을 서로 가리며 살아갈 수 있을 것이다. 사람은 많지만 좋은 친구를 만나기란 그리 쉽지 않으며 일생을 같이 갈 친구는 인생의 가장 큰 행운일 것이다.

나에게 그런 소중한 친구가 왔다.

모처럼의 여행이라기보다는 잠시 시간을 내서 고향에 다니러왔다는 말이 적절할 것이다. 하기에 오늘만큼은 친구를 위하여 하루를 투자하기로 작정하고, 자연을 좋아하는 친구의 성정에 맞는 조용하고 한적한 코스를 선택하였다. 그래서 우리는 답답하고 번잡한 일상에서 일탈하여 마음껏 여유를 부려 보기로 하였다.

복잡한 도시를 벗어나는 것만으로도 짐을 벗은 듯 가벼운데 푸른 바다를 끼고 해안도로를 시원하게 달리는 것은 무장 신나는 일이다.

봄 햇살이 눈부시다. 도로를 따라 양옆으로 즐비하게 수놓고 있는 샛노란 유채꽃이 눈을 호사롭게 하고 먼 데서 아롱지는 아지랑이가 봄처녀처럼 수줍게 따라온다. 얼마 만에 느껴 보는 봄 향기인가. 그만큼 우리는 삶에 매몰되어 계절을 잊고 살았던 것일까. 그렇게 얼마를 달렸을까, 이윽고 삼나무와 측백나무로 숲을 이룬 자연휴양림에 도착하였다. 사위를 둘러봐도 아름드리나무들이 하늘을 가리고 있다. 이래서 숲이 좋은가. 나무들로 하여 눈과 마음이 충만하여 온다. 가슴 깊은 곳에 어딘가에 가득 차 있던 무언가가 펑 뚫리는 듯하다.

나무들은 각자의 자리에서 꽃을 피우고 열매를 맺으며 빠짐없이 자기 기록을 나이테에 남긴다. 다람쥐 쳇바퀴 돌듯 반복되는 똑같은 날들, 바쁘다는 핑계를 입에 달고 살면서 우리는 얼마나 진정성을 가지고 나를 대하고 있는가. 새삼 한숨이 나온다.

친구 또한 같은 심정인 듯 웃으면서 고개를 끄덕인다. 우리는 새롭게 마음을 다지듯 서로의 눈을 바라보며 눈웃음으로 화답하였다. 그리고 가슴을 부풀려 자연을 한껏 들이마셨다.

나무는 음이온 피톤치드며 테르펜을 뿜어내어 잠자던 세포들을 깨운다고 한다. 그래서일까, 산림욕을 즐기는 사람들에게서는 뭔가를 터득한 듯한 여유가 느껴진다.

우리는 무엇에도 방해받지 않은 채 숲길을 걸었다. 그리고 끝없이 이야기를 이어갔다.

바다가 환히 바라보이는 카페에 앉았다.

간단한 식사와 와인을 주문하고 건배를 하며 웃었다.

먼 수평선 가까이 여러 척의 배가 한가롭게 떠 있다.

산과 나무와 들판과 바다와 우리는 잊을 수 없는 그림을 그리고 있었다.

또 하나의 추억을 만들기 위하여……

2부

버킷리스트

흔들리지 않고 피는 꽃이 어디 있으랴,
삶은 바닷가의 갈대처럼 늘 허우적거린다.

바람 불어 좋은 날

가을이 스러져 가는 어느 날, 휴일을 이용해 친구들과 요즘 한창 붐을 일으키고 있는 올레길을 걷기로 하였다. 우리가 선택한 코스는 제1코스로 성산포 해안을 따라 걷는 것이다.

가는 날이 장날이라 금방이라도 비가 쏟아질 듯 주변은 안개로 자욱했고 바람마저 짓궂게 불어 걷는다는 것 자체가 쉬운 일이 아니었다. 그냥 도중에 포기할까 하다가 걷는 데까지가 보자며 계속 걸었다. 세차게 불어오는 바람에 모래알이 얼굴을 따갑게 때린다.

거친 호흡을 내쉬며 하얀 거품을 물고 밀려오는 파도 위를 새들은 신이 난 듯 날개를 펴고 해안선을 따라 비행한다.

거친 파도의 센 물결로 바다는 용솟음치며 거칠게 반항한다. 마치 그 모습이 한 마리 성난 사자가 포효하는 모습과 흡사하였다.

몸을 웅크리고 걷는 것조차도 쉽지 않았으나 모험하듯 걷다 보니 그리 멀지 않은 바다 위에 무언가 타는 듯이 검은 연기가 회오리처럼 바다 위를 휘젓고 있었다. 그 기이한 현상이 너무 신기해 그 자리에 서서 회오리의 움직임을 천천히 살폈다. 검은 연기가 하늘의 시커먼 구름과 손을 잡듯 맞대고 있는 모습이 신기했다. 회오리와 함께 그 자리를 빙빙 맴돌다가 빠르게 방파제를 향하여 다가오더니 소멸되어 사라지는 것이었다.

영화에서나 본 듯한 장면이었다. 뭔가에 홀린 듯 추위도 잊은 채 그 자리에서 멍하니 서서 그 광경을 지켜보았다. 얼마쯤 걸었을까, 바람도 피할 겸 쉬어 가자고 한다. 한 친구가 좋은 곳이 있다며 우리를 안내했다.

전망이 아주 좋은 곳이었다. 주인도 없고 관리하는 사람 또한 없다. 그래도 모두들 질서 있게 움직이고 있었다. 실내 분위기가 예사롭지 않다. TV에서나 보았음 직한 곳, 무인커피숍이라는 아주 생소한 장소였다.

'안방처럼 편안하게 차를 즐기세요.'라는 벽에 붙어 있는 글귀가 인상적이었다. 주인이 어떤 사람이기에 이렇게 전망 좋고 비싼 땅에다 이런 아이디어로 카페를 차렸을까, 남을 위한 봉사정신이 투철한 사람일까?

둘러보아도 무인 카메라도 보이지 않고 찻값을 받는 사람 또한 보이지 않는다. 다른 찻집에 비해 반값도 안 되는 찻값이었다. 인건비야 없다지만 관리며 운영은 제대로 유지할 수 있는지, 혹시 찻값을 지불하지 않고 그냥 가 버린다면, 양심을 믿는 주인의 상술인가, 모든 게 호기심을 자극한다. 벽마다 수많은 사람들이 다녀간 흔적들을 적어 놓은 메모들로 가득 채워져 있었다.

헤이즐넛 향이 코끝을 스친다. 일행 중 한 사람이 커피 값을 지불하고 마음껏 즐기라며 한 아름 들고 온다. 어디선가 들어 본 피아노 연주의 고운 선율이 귓가에 들려온다.

한 이방인 여인의 능숙한 손놀림이 고운 소리를 내며 건반 위를 자유자재로 유영한다.

처음이었지만 낯설지 않은 실내 분위기와 주위 풍경들이 오래된 익숙함으로 다가왔다.

10여 평 남짓한 공간에 자리마다 저마다의 사연들로 웃음꽃을 피워낸다.

얼어붙은 몸과 마음을 따뜻한 한 잔의 차로 녹이고, 우리는 또 다른 곳으로 이동할 준비를 한다.

가끔은 익숙한 환경을 벗어나 낯선 곳으로 떠나보는 것도 한 즐거움이다. 일상의 매너리즘에서 벗어나 자신을 새롭게 만난다는 것, 세상을 다시 보는 것, 이것이야말로 우리가 살아 있다는 증거일 것이다.

나는 오늘 바다가 울부짖는 소리를 들었다. 거대한 우주의 숨결로 자신을 지키려는 몸부림을 보았다. 난폭하게 부서져 내리는 파동에 수척해진 바다는 바람과 함께 조금씩 흔들리며 영혼은 다시 깨어날 준비를 하고 있었다.

수련법회에서 나를 찾다

문득 내가 왜 이곳에 와 있는 것일까? 벽시계는 12시를 향하고 있다. 야심한 시간 고개를 들어 보니 성전 전면에 부처님이 가부좌를 한 채로 나를 내려다보고 있었다.

누가 나를 이곳으로 데려온 것일까. 한참을 정신없이 270자로 이루어진 반야심경 사경에 따라 부처님께 절을 올리며 땀으로 만신창이가 된 나 자신을 바라본다. 비 오듯 흘러내리는 땀과 함께 육신의 묵은 때를 벗겨내는 순간이다. 어쩌면 그것은 땀이 아니라 마음 깊은 데서 우러나오는 눈물일지도 모른다. 하염없이 흘러내리는 눈물의 의미는 무엇일까. 지난날 어리석음에 대한 부끄러움들이 온통 내 마음을 점령한다. 이시간만큼은 세속의 모든 마음을 내려놓고 본래의 참마음을 찾고 싶다. 숨소리는 거칠어지고 힘은 들지만 표현할 수 없는 깊은 평화가 느껴진다. 부처님께서 홀로 외롭게 수행하며 견

며내신 이유를 조금은 알 수 있을 것 같다.

우연한 기회에 불교대학에 입학했다. 부처님의 지혜를 배우고 깨달음을 얻고 싶은 마음에서다. 오늘은 불자들이 학습의 연장으로 수련법회가 있는 날이다. 불교에서의 불자의 예법 및 기본교리, 식사예절 등 부처님의 생애를 법문을 통하여 1박 2일 동안 절에 머무르면서 배우게 된다. 모든 게 생소하다. 그동안 나는 거짓 신자였다. 어머니는 불심이 매우 깊으셨다. 힘든 상황 속에서도 어려운 사람들을 보면 함께 나누는 삶을 실천하는 살아 있는 보살이었다. 어렸을 때 기억은 늘 새벽이면 귓전엔 불경소리와 함께 하루를 시작하였다. 나는 어머니가 새벽마다 불경을 틀어 놓고 가족들을 위하여 정성을 기울이는 모습을 보면서 자랐다. 어쩌면 살아가면서 굽이굽이 힘든 과정을 부처님을 통해 하나의 의지처로 삼으셨는지도 모른다. 석가탄신일이나 특별한 날이면 어머니는 꼭 나를 동행하였다. 일 년에 한두 번 어쩌다 부처님께로 가면 부처님은 모든 걸 다 알아서 해 주시는 줄 알았다. 그렇게 난 부처님의 가피 아래 평온하게 지낼 수 있었다.

마음이 심란하거나 일이 제대로 풀리지 않을 때면 부처님 앞에 엎드려 참회의 시간을 갖곤 한다. 가장 기본적인 절하는 것조차 엉망이다. 저녁 예불을 마치고 참선수행에 들어갔다.

마음이 고요하고 맑아진다.

나는 이곳에서 청정심이란 법명도 얻었다. 불교에서 연꽃의 의미는 청정함을 뜻한다.

연꽃이 흙탕물에서 고귀하고 아름답게 자라는 것처럼 세속에 물들지 말고 부처님의 공명을 널리 알리어 깨끗하게 살아가라는 승명이다. 얼마나 아름다운 인연인가. 평소에 내가 그토록 좋아하는 연꽃과의 인연이 이렇게 맺어질 줄이야. 본체청정本體淸淨이라 하여 연꽃은 어떠한 곳에서도 맑은 줄기와 잎을 유지한다. 바닥엔 더러운 오물이 즐비해도 그 오물에 뿌리를 내린 연꽃의 줄기와 잎은 한 치의 흐트러짐 없이 청정함을 잃지 않는다. 어두운 시궁창 같은 진흙 속에 싹을 틔어 고고하게 피어난 연꽃처럼 속세에 물들지 않는 삶, 나의 삶도 연꽃과 같은 아름다운 삶을 살아갈 수 있기를 기대하며….

잠깐의 휴식시간이 끝나고 다라니 기도 시간이 이어졌다. 우리는 108개의 염주를 돌려 가며 스님의 독송에 맞추어 참회의 기도를 하였다. 정성스럽게 일심으로 기도하면 모든 공덕이 들어 있어 업장이 소멸되고 어떠한 사물에도 집착하지 않는 맑은 마음으로 살아갈 수 있다는 진리가 들어 있어 마음을 다해 정성스럽게 기도를 하였다.

부처님 전에 절을 할 때는 자신에게 닥친 문제를 해결해 달라고 발원하는 것보다 부처님의 크신 은혜에 감사하는 마음으로 절을 해야 한다며 스님께서 거듭 강조를 한다.

1박으로 예정되었던 시간은 다음 날 불교 행사의 일정으로 자정이 넘을 무렵 도량 정리를 하고 회향하게 됐다.

어둠이 깊게 깔린 사찰엔 밤안개가 자욱하다. 안개 사이로 쭉 뻗어 오른 나무가 엄숙하다. 수령이 반백년은 넘어선 듯하다. 사찰의 정기를 받아서인지 더욱 신성하게 느껴진다.

어느 노스님의 하신 말씀이 생각난다.

"성인은 자신을 찾고 어리석은 사람은 부처를 찾는다."

나를 떠나서는 부처를 찾을 수 없고 또한 나를 떠나 부처는 없다. 큰 깨달음을 얻었다.

부처는 절에 있는 것이 아니라 마음속에 있는 것이다. 부처님의 가르침에 따라 스스로 깨달아 부처가 되라고 하신다.

뒤늦게 불법을 만나 지혜와 자비로 보살의 길을 걷는다. 부처님의 아름다운 가르침을 실천하여 진정한 깨달음에 이르고 내 속에 한 부처님을 모시고 살리라. 그렇게 다짐하여 본다.

나무 관세음보살!

건강 염려증

여름밤의 탑동거리는 사람들로 출렁인다. 쪽빛 바다 멀리 수평선에 어선들의 불빛이 현란하다. 해마다 이맘때 즈음이면 야외 공연장에선 해변 음악제가 한창이고 넓게 펼쳐진 수평선을 벗 삼아 몸매를 가꾸려는 사람들로 북적인다.

오늘따라 유난히 많은 인파로 탑동광장이 들썩인다. 무더위를 피하여 나온 사람들, 가족들과 인라인스케이트를 즐기는 날렵한 젊은이들, 삼발이에 아슬아슬하게 걸터앉아 낚시를 즐기는 강태공들, 나름대로 열대야의 더위를 피해 모여든 사람들이다.

탑동은 탑바리라 하여 유래가 깊은 곳이다. 탑바리는 방사탑인 거욱대가 있어서 '탑'이고, 그 '탑'이 있는 마을이라 해서 '탑 아래'가 제주어로 '탑바리'로 불리게 된 것이다. 도심에서 가장 가까이 있는 바닷가 마을로 탑동이라 불리고 있으며 탑바리는 탑동의 옛이름이다.

이곳은 사계절 내내 변화무쌍한 모습으로 매력을 발산한다.

겨울은 용맹하게 출렁이는 겨울바다를 볼 수 있어서 좋고, 여름은 바라보기만 해도 확 트인 넓은 시원함이 있어서 좋다.

사계절 중 여름은 가장 덥지만 추위에 민감한 나는 겨울보다 여름을 좋아한다. 여름에 태어난 나는 웬만해선 더위를 타지 않는다. 그러나 올해는 갱년기 증상이 동반해서인지 유난히 더위에 민감하다. 기온이 조금만 올라가도 헉헉거리는 나는 요즘 열대야로 인해 잠 못 이루는 밤의 연속이다.

오늘도 어김없이 탑동거리를 한 시간째 걷고 있다. 게으름의 소치라고나 할까, 평소에 운동이라고는 숨쉬기 운동을 빼면 할 줄 아는 운동이라곤 없다. 얼마전부터 갑자기 가슴이 욱신거린다. 조금만 걸어도 바늘로 쿡쿡 찌르는 듯 통증이 느껴진다. 하루 이틀이 지나면 괜찮겠지 하며 견뎠는데 나아질 기세가 안 보인다. 가까운 거리를 뛰기라도 하면 통증은 더욱 심하다. 혹시 큰 병은 아닐까 하는 마음으로 병원을 찾았다. 의사 선생님은 증상을 들은 후 CT 촬영을 권했다. 얼마의 시간이 흘렀을까, 초조하게 기다린 결과는 다행히도 아무런 이상이 없다고 하였다. 마음의 병이라 일단 안심은 됐지만 가슴의 통증은 쉽게 사그라들 줄을 모른다. 이 기회에 몸 상태도 점검할 겸 종합검진을 받기로 하였다. 원래 건강한 체질이라 자부하면서도 은근히 걱정을 하였는데, 결과는 별 이상이 없지만 황당하게도 운동 부족이라는 말과 함께 콜레스테롤 수치가 높다는 것이다. 콜레스테롤 수치가 높으면 동맥혈관이 막혀 각종 성인병을 유발할 수 있다며 건강을 유지하기 위해선 운동이 필수적이라 한다. 어쩔 수 없이 하루 1시간씩 운동을 하기로 계획을 세웠다. 나름대로 페이스를 정해 놓고 무리하지 않을 정도로 온몸을 이용해 걷기 시작하였다. 처음에는 천천히 걷는 것을 시작으로 조금씩 강도를 높여 가며 운동을 한 결과 면역력이 강화되면서 경직되었던 몸이 서서히 풀리는 듯하였다. 하지만 평소에 하지 않던 운동을 꾸준히 한다는 것은 쉬운 일이 아니었다. 하루아침에 운동을 한다고 한들 원하는 만큼의 능률이 있을까. 하루하루가 자신과의 싸움이다. 모든 일이 그렇듯 운동도 하고 싶을 때 해야 능률이 오를 텐데 포기하고 싶은 마음을 간신히 붙들고 다시 걸었다. '피할 수 없으면 즐기라'는 말이 나를 두고 하는 말이다. 이왕이면 운동을 해도 신나고 즐겁게 하리라 다짐하며 평소에 사용하지 않던 MP3를 귀에 꽂고 리듬에 맞추어 음악을 들으며 꾸준히 걷다 보니 신기하게도 가슴을 짓누르던 통증은 하루가 다르게 조금씩 해결되어 갔다.

비릿한 바다 냄새가 코끝을 간지럽힌다. 언제나 청춘이라 자부하며 운동이라곤 담을 쌓고 지내왔지만 이제야 건강의 중요성을 알게 되었다.

가끔 시간이 되면 가까운 산책로를 찾아 운동을 즐기곤 한다. 사색을 좋아해서 천천히 걸어서일까, 정신적으로는 도움이 될지 몰라도 체력에는 별 도움을 얻지 못하였다. 운동과 노동은 엄연히 다르듯 산책도 체력과는 거리가 먼 것이다.

뭉쳐 있던 근육이 하루가 다르게 서서히 풀린다. 가슴을 짓누르던 스트레스의 일종인 화의 근원이 사라지는 것 같다. 무엇보다 아름다움의 기본은 건강이다.

건강을 잃으면 무슨 소용이 있을까. 운동만이 만병통치약이라던 의사의 말이 귓전에 아른거린다. 몸안의 근육들의 속삭임이 들린다. 곧 괜찮아질 거야, 하고 말이다.

운동 부족이라는 이유로 올 여름은 유난히 수선을 떨었던 해였다.

끼

완연한 봄이다. 엊그제만 해도 춥다며 온몸을 움츠렸는데….
어느새 거리엔 여러 가지 색감들이 온통 봄 물결로 가득하
다.

인간에게 자원은 무엇일까? 곧 머릿속에 들어 있는 게 아닐
까. 다 써서 닳아지지도 않고 누가 훔쳐갈 수도 없는 무한 자
원, 소유한 것을 다 잃어버려도 다시 시작할 수 있는 자원이
내 안에 있다는 것은 신의 축복이 아닌가.

인간의 욕구 욕망의 한계는 어디까지일까? 부질없는 욕망
만을 쫓다 보면 정작 중요한 것을 잃어버리며 살고 있지는 않
은지.

상업의 길로 들어선 지 수십여 년째, 어려서부터 유난히 사
람을 좋아하다 보니 타고난 소질인지는 모르지만 사람들과
부대끼며 활동하는 것을 유난히 즐기는 편이다.

수많은 사람들과의 교류를 통해 나의 잠재적 능력인 상업의 끼를 발견하면서 현재의 '나'가 존재한 것이다.

하지만 어디 쉬운 일이 있을까. 내게 다가오는 적잖은 일상의 시련과 고통, 인내가 동반되어야 하는 삶. 상업은 내게 많은 사람들과의 만남을 통해 유대관계는 물론 자기개발을 통해 사회에 진출할 수 있는 기회를 주었다.

날이 갈수록 경제사정이 풀리지 않는다고 아우성이다. 경제가 어려운 만큼 사람들 또한 각박하다. 하지만 나에겐 운 좋게도 참으로 인적자원이 풍부한 편이며, 상업을 하는 나에게 많은 도움이 된다. 특히 제주는 지역이 좁은 사회라 더욱 인맥을 중요시한다.

꽃들도 여러 가지 이름과 색깔 저마다의 향이 다르듯이 사람들도 제각각 다양한 성향으로 다가온다. 나에게 고객은 모두가 고마운 분들이지만, 그중엔 두고두고 잊을 수 없는 사람, 은혜 입은 사람들도 있지만 똑같은 상품을 팔아 주고서도 마음이 별로 안 가는 사람, 또한 괴로움을 주는 사람도 있다.

옛사람들이 말씀하시길 장사를 하려면 간과 쓸개는 집에 두고 와야 한다는데 그나마 내가 하는 일이 천직이려니 생각하며 어떠한 어려움도 지혜롭게 넘겼다. 수많은 사람들과의 만남을 통해 얻어진 교훈이 있다면 사람 볼 줄 아는 안목이 생졌다. 똑같은 상품은 어디든 있지만 나 자신이 상품이 되어 나를 보고 찾아오는 사람들에게 나 자신을 파는 것이라 여기며 마음과 정성을 다하려고 노력한다.

'누구나 다들 그렇게 하듯이'가 아니라, 뭔가 다르게 끊임없이 노력하는 사람, 장사꾼이 아닌 영혼의 밭을 잘 가꾸는 사람이려고 애를 쓴다.

언젠가 최인호 님의 '상도'를 읽고 많은 공감을 얻었다. 장사란 이익을 남기는 게 아니라 사람을 남기는 것이다. 사람이야말로 장사로 얻을 수 있는 최고의 이윤이며 따라서 신용이야말로 사람을 얻을 수 있는 최대의 자산이라는 교훈을 얻었다. 자신의 이익보다는 의義를 추구하는 진정한 상인으로서의 직업관을 강조하고 있어서 상업에 종사하는 내게 큰 지침서가 되었다.

모든 이에게 유익하게, 모든 이에게 공평하게, 평정을 유지하며….

1보 후퇴는 2보 전진이라는 말이 있듯이 크고 작은 시련이 다가올 때면 나 자신과의 대화를 통해 많은 위안을 얻곤 한다.

다양한 부류의 사람들을 디딤돌 삼아 더 단단하게 단련시키기 위한 과정임을 생각하며 사람이 어떻게 살아야 하는가를 나의 천직을 통해 자리매김 하고 싶다.

향수에서 풍기는 그런 냄새가 아닌 온몸으로 느껴지는 인간적인 향기를 내고 싶다. 만들어지는 정성과 시간, 기후 모든 게 들어맞을 때 세상에 선보일 수 있듯이 내 그릇에 맞는 모양과 빛깔로 숙성된 깊은 맛을 낼 수 있는 그런 날을 그려 본다.

주변의 협력자 조언자들의 아낌없는 충고와 변함없는 사랑에 대한 보답으로 나의 성成을 완성시켜 나아가련다.

감사하는 마음으로

제주섬 전체가 신음하고 있다. 사상 유례 없는 물 폭탄을 맞고 제주는 삽시간에 마비상태가 되었다. 예전에 없었던 상상할 수 없는 일, 영화 속의 장면이 연출되었다.

해마다 상습 피해 지역에서 일어나던, TV의 보도에서 보던 어느 시골 농경지려니 하고 남의 일인 듯 무심히 넘겼었는데, 그게 나의 환난이 될 줄은 생각해 본 적이 없다.

일요일이라 늦은 아침 청소를 끝내고 여유로운 마음으로 비내리는 광경을 지켜보았다.

가늘게 내리던 비는 점점 굵어지고 빗줄기가 심상치 않아 가게로 내려갔다.

거센 바람을 동반한 폭우는 수령이 100여 년 된 고목을 순식간에 무너뜨렸다. 아이들도 아빠도 심각한 표정으로 도어 틈으로 스며들어오는 물을 자꾸 닦아내고 있었다.

빗줄기가 제법 굵어지고 이쯤에서 그치겠지 생각하며 출입문을 주시하는데 갑자기 큰 물줄기가 도로를 점령하더니 삽시간에 가게 안으로 덮쳤다. 너무도 갑작스런 순간에 가게 안은 온통 물바다가 되었다. 순식간에 벌어진 일이라 망연자실하고 있는 사이에 성수기를 대비하여 들여놓은 물품들이 물에 이리저리 떠다닌다. 창밖 도로에는 상상을 초월하는 장면들이 연출되고 있었다. 자동차들이 물에 둥둥 떠다니고 냉장고며 가전제품, 옷가지 등등….

물이 들어올세라 단단히 무장태세를 갖추었던 출입문은 폭포수처럼 쏟아져 내리는 물을 감당하기에는 역부족이었다.

악마처럼 휩쓸던 빗줄기도 그치고 가게에 찼던 물이 서서히 빠지면서 가게 안팎은 흙탕으로 아수라장이 되었다. 그렇게 우리는 졸지에 수재민이 되고 말았다.

한나절이 지나면서야 성난 비바람은 잦아들고 언제 그랬냐는 듯 화창하게 개었지만 어디서부터 손을 써야 할지 엄두가 나지 않았지만 흙탕물로 범벅이 된 구석구석을 정리해 나갔다.

애써 쌓아 놓은 성이 하루아침에 무너져 내리는 것을 바라보면서 자연의 위력 앞에 인간은 너무나도 미약한 존재임을 실감하여야 했다.

겨우 정신을 수습하고 여기저기 흩어져 있던 물건들을 정리하느라 정신이 없을 때 이웃들이 달려와서 도와주어 짧은 시간에 일상으로 복귀할 수 있었다.

이웃의 재난에 내 일처럼 달려와 준 사람들, 평소에는 아웅다웅하다가도 이웃의 불행은 그냥 보아 넘길 수 없는 것이 제주의 궤냥정신일 터, 척박한 땅을 일구며 변방의 설움 속에서 끈질긴 삶을 이어올 수 있었던 힘일 것이다.

이번 폭우로 모든 것을 잃었지만 힘들 때에 손잡아 줄 이웃이 있어서 다시 일어설 수 있는 희망과 용기를 얻었다. 얼마나 감사한지, 큰일을 겪은 후에야 이웃이 소중하게 다가온다.

지금까지 살아오면서 과연 나는 다른 이들을 위하여 무엇을 했을까? 그들이 힘들고 아플 때에 나는 그들 곁에 있었나? 스스로 묻고 또 물으면서 자괴감에 젖어들었다.

재앙은 하늘이 내리지만 원인은 인간이 키우는 것, 자연파괴에 대하여 학자들은 수없이 경고하지만 인간의 욕망은 탱크의 무한궤도처럼 막무가내로 내달리고 있지 않은가.

또 신은 재기 再起를 위해 쓰러뜨린다고도 하였다. 우리가 하기에 따라서 시련은 고통이 아니라 신이 내린 축복의 통로가 될 수 있다는 것을 말함일 것이다.

시련과 극복, 고통의 분담이 없다면 어디서 이러한 삶의 방법들을 배울 수 있을까?

이 크나큰 감사의 마음은 어디서 오는 것이며 누구에게 향한 것일까.

폭우처럼 넘치는 이 감사는…….

내 마음의 보석상자

　서랍 정리를 하다 오래전에 기록해 두었던 노트를 발견했다. 첫 장에는 '나 외엔 아무도 보지 말 것.'이라고 깨알같이 쓰여 있다.

　수첩 한 장 한 장 넘기다가 '그때 이런 내용들을 기록했었나?' 하며 호기심 어린 마음으로 읽어 내렸다. 그날그날 있었던 특별한 일들이나 느낌들을 써놓았고, 위대한 사상가들의 명언 또는 지침이 될 만한 글귀들이 한 모퉁이에 빼곡히 적혀 있다.

　일기장 형식으로 된 노트에는 10년 후 또는 앞으로의 나의 모습과 계획들까지 야무지게 기록되어 있었다.

　세월이 흐른 지금 그때의 일들을 읽어 내려가며 비록 작심삼일의 계획들이지만 꽤나 당돌하고 야무지게 기록하였기에 그나마 나를 이루는 큰 버팀목이 되지 않았을까.

번민이 많고 꿈이 많던 시절, 어떤 책이든 읽는 것을 좋아해서 우리 집은 늘 잡지책에서부터 자기개발서 또는 성공사례에 이르기까지 여러 부류의 책들이 여기저기 널브러져 있었다. 아마 지금의 내가 문학의 길을 걷게 된 것 또한 어렸을 때 길들여진 독서와 메모하는 습관이 큰 도움이 되지 않았나 생각하여 본다. 옛 생각에 잠겨 한참을 뒤적이다 보니 성급한 성격으로 나도 모르게 주위 사람들의 감정을 상하게 만들었던 일들도 기록되어 있다. 지금 생각하면 별일도 아닌 것을, 옳거니 그르거니 따져가며 퍼부었던 말들하며 친구 사이의 사소한 오해로 멀어져야만 했던 일들, 그래 놓고는 전전긍긍하며 속앓이하였던 일들이 깨알같이 기록되어 있다. 그 당시에도 잡다한 일들로 머리가 꽤나 복잡하였지 않나 싶다.

어쩌면 인생은 죽을 때까지 미완성인 인격으로 살아가는 것이 아닐까. 그렇게 스스로 나무라며, 반성하고, 돌아보면서 영혼의 담금질을 통하여 거듭나고자 애쓰던 시절이었다.

어느 사상가의 말에 따르면 '일기는 인간의 위안이나 치유, 영원한 내면과의 대화, 펜을 든 명상가'라 하였다.

학창시절 잊을 수 없는 기억이 있다. 담임선생님은 유독 일기 쓰기에 관심이 많은 분이셨다. 일과처럼 일기 검사를 하면서 학생들에게 일기의 중요성을 설파하셨다. 그러면서 잘 쓴

일기를 모두 앞에서 낭독하게 하고 칭찬을 하셨다. 그날도 선생님은 짧은 아침조회 시간에 나의 일기를 들고 말씀하시는 것이었다. 예상치도 못한 상황이라 어린 마음에 제발 내 이름만은 밝히지 말았으면 하고 부끄러워 고개를 숙이고 있는데 다행히도 이름을 밝히지 않으셨다. 그 일이 지난 며칠 후 선생님께선 교무실로 나를 불러 칭찬과 함께 책 한 권을 선물로 주셨다.

　이제 와서 생각하면 그때 선생님의 말씀이 내 속에 잠재되어 나를 형성하였을 것이다.

　일기를 통해 자신의 한계와 주어진 환경을 극복한 인물이 톨스토이이다. 그는 대학을 중퇴하고 고향으로 돌아와 열아홉 살부터 일기를 쓰기 시작하면서 끊임없이 반성하고 계획을 세우며 실천했다. 그날그날 일기를 통해 인간적 고통이나 번민과 싸운 그는 결국 위대한 문학가이자 사상가로 거듭난 인물이 되었다. 이렇듯 일기는 자기 자신을 돌아보는 동시에 완성된 인격을 만들어 주는 데 밑바탕이 되어 준다. 지금도 습관처럼 가방 속엔 늘 노트와 펜은 필수로 들고 다닌다. 인간의 기억은 시간이 지나면 잊혀지지만 펜으로 기록한 것은 절대 사라지는 법이 없다. 일부러 태워버리지 않는다면.

　현재의 나의 모습은 과거로부터 한 땀 한 땀 조각되어 만들어진 모습이며, 지금의 나는 전적으로 나의 책임이다.

삶이 힘겹다고 느낄 때 걸어온 길을 돌아보면 걸어갈 길을 알 수 있을 것이다. 시행착오 없이 완성되는 것은 없다. 에디슨은 6000번의 실험 끝에 전기를 발명했다고 한다. 그 6000번의 실패가 그가 발명왕이 되는 노하우였다는 것이다.

내 유년의 작은 수첩 속에 나의 꿈과 희망과 사랑과 그리움과 그리고 아픔이 들어 있다.

내가 그리워질 때마다 꺼내어 보고 슬플 때에 위로받는 내 마음의 보석상자이다.

비 오는 날의 수채화

오랜만에 어머니의 농사일을 거두게 되었다. 시골에 계신 부모님께서 몸도 불편한데 일손마저 구하지 못해 동분서주하시는 모습이 안타깝다. 평소에 밭일을 해 본 일이 없어서 어머니와 통화를 하면서도 나하고는 무관한 일이라 생각하며 당연한 듯 침묵으로 일관해 왔다. 한참을 통화한 후 '이웃에 사는 누구 딸들은 일마나 착한지 일요일만 되면 매일 와서 밭일을 도와주는데 어찌나 부러운지….' 결국 말의 요점은 밭일을 왔으면 하는 심사다. 다른 동생들도 모두 밭일을 하러 온다는 말까지 넌지시 비춘다.

때마침 일요일이다. 일손을 구하지 못해 걱정하시는 부모님, 다른 약속을 취소하고 하루쯤 밭일을 하기로 큰맘 먹고 어머니께 전화를 드렸다. 겉으로 표현은 안 하셨지만 속으로는 은근히 기다리시는 눈치다. 일요일 아침이 되자 동생이 새벽잠을 자고 있는 나를 깨웠다. 서둘러 동생과 함께 양배추 종묘 밭으로 갔다. 부모님은 동이 트기도 전에 벌써 밭에 나와 일을 하고 계셨다. 가는 날이 장날이라 하늘은 금방 비가 쏟아질 듯 먹구름이 잔뜩 찌푸려 있다.

비가 내리기 전에 조금이라도 일을 해야 하기에 호미를 들고 밭고랑에 앉아 양배추 묘를 심어 나갔다.

실로 오랜만에 하는 일이라 명색이 큰딸로서 동생들보다 뒤처지지 않을까 정신을 집중하여 심어 나갔다. 온몸은 땀으로 절어 있고 허리는 빠질 듯 움직일 수조차 없을 정도로 너무 아팠다. 끝내 먹구름을 몰고 온 소나기는 신나게 퍼부었다. 모처럼 효도 한번 하려는데 날씨마저 따라 주지 않는다. 질퍽질퍽한 땅에 호미를 두고 담벼락 구석에 앉아 비를 피했다. 이제는 연세도 있으시고 몸마저 쇠약해져 농사일을 그만해도 좋으련만…. 밭일을 더 이상 하면 위험하다는 의사 선생님 말씀도, 그렇게 자식들이 만류해도 소용이 없었다. 큰 밭들은 다 남에게 삯으로 빌려주고는 농사일에 미련을 버리지 못해 심심풀이라며 자식들 몰래 작은 밭을 경작하고 있다 한다.

잠깐 사이에 비는 그쳐 다시 일을 할 수 있었다. 오늘만 비가 내리지 말았으면, 아니 몇 시간만이라도 비가 그쳐서 하던 일을 마저 끝낼 수 있었으면, 하는 마음뿐이다. 하늘도 이런 내 마음을 알아주시고 조금 내리다 이내 그쳤다. 그리고 다시

고랑에 앉아 일을 하기 시작했다. 불과 몇 시간 하지도 않았는데 핑계처럼 허리는 더욱 더 아파왔다. 정말이지 울고 싶은 심정이었다. 온 정신을 일하는 데만 몰입하려 했다. 그럴수록 고통은 더해졌다. 비와 땀으로 범벅이 된 내 모습이 영락없는 시골 아줌마다. 얼굴은 흙으로 범벅이 되어 찰흙으로 팩을 한 것처럼 보인다. 동생들도 나름대로 군소리 없이 일하다가 서로의 모습을 보면서 킥킥 웃어댄다. 오후가 되자 대충 밭일을 마쳤다.

내가 심은 묘종들이 빗물을 받아 마시고 파릇파릇 싱그럽다. 알맞게 간격을 유지해 있어 바라만 보아도 넉넉하다. 더 이상 비가 오면 농작물도 탈이 날 텐데… 별 탈 없이 무럭무럭 자라주길 바라는 심정으로 일을 마치고 집으로 왔다. 대문을 열고 마당으로 들어서자 마룻바닥에 벌러덩 드러누웠다. 와, 이렇게 농사일이 힘들 줄이야. 어머니는 점심 겸 새참이라며 고등어를 구워 시원한 냉국과 함께 밥상을 차렸다. 밥이 목으로 넘어가질 않는다. 하루 종일 물로 배를 채웠는데 그래도 한술 뜨라는 어머니의 성의에 못 이겨 대충 밥 한 숟가락에 물을 홀홀 말고는 또 다시 물만 마셔댔다.

정말이지 농사짓는 사람들은 대단한 사람들이다. 고작 몇 시간 하고도 죽을 지경이니 매일 밭일을 하면서 살아가는 사람들은 어떻게 견뎌낼까. 가지 많은 나무에 바람 잘 날 없다고, 매일 이렇게 밭일을 하면서 우리를 키워 냈을 부모님을 생각하면 가슴이 아려온다.

이제야 나도 철이 드는 모양이다. 예전 같으면 온갖 짜증을 부리며 밭일을 하지 않으려고 갖은 핑계를 대고 미꾸라지처럼 빠졌을 텐데,

오늘은 유년에 듣던 어머니의 잔소리가 그렇게 정겹고 따뜻하다.

버킷리스트

언제나 익숙한 도시건만 낯선 거리를 배회하는 이방인같이 걸어왔다.

흔들리지 않고 피는 꽃이 어디 있으랴, 삶은 바닷가의 갈대처럼 늘 허우적거린다.

사막을 건너는 낙타는 몸속에 물통을 지고 다닌다지만 나는 갈수록 심해지는 갈증을 느낀다.

내 인생의 버킷리스트였다고나 할까? 더 늦기 전에 저지르고 보자는 마음으로 방통대 국문학과에 편입학하였다.

늘 마음속으로 갈구하면서도 쉽게 결단을 내리지 못했는데 덜컥 저지르고 나니 일에 쫓기면서 중도에 포기하면 어쩌나 하는 걱정이 구름처럼 일고, 한편 풀지 못하던 매듭을 단칼에 잘라버린 듯 시원하기도하다.

다람쥐 쳇바퀴 돌듯 바쁜 일상에서 헤어나지 못하고 오랜

체증에 답답하였는데 늘 어떤 일탈을 꿈꾸어왔는지도 모른다.

논어論語에 나오는 '學而時習之 不亦說乎학이시습지 불역열호, 배우고 때로 익히면 또한 기쁘지 아니한가'란 구절의 뜻을 헤아리며 오랜 꿈의 실현을 굳게 다짐하여 본다.

수필가란 이름으로 글을 써왔지만 그때마다 빈한한 가슴이 아렸다.

한글은 누구나 배우기 쉽고 쓰기 쉬운 글이다. 그 구조가 과학적이어서 세계가 인정하지만 좀 깊이 들어가면 맞춤법이 꽤나 복잡하고 까다롭다. 나의 빈약한 어휘력에 글을 쓸 때마다 얼마나 시달려 왔는가. 작가와 독자는 생산자와 소비자와 같다고 하는데 좋은 상품으로 소비자의 가슴을 감동케 할 의무가 작가에게 있지 않은가.

늦은 나이에 열정 하나로 도전하였지만 캄캄한 터널에 들어선 것처럼 처음부터 당황하였다. 강의실은 뜨거운 학구열로 후끈거리고 새파란 교우들 틈에서 어떤 생동감으로 뭉클하기도 하였지만 공부는 때가 있다는 말을 실감하지 않을 수 없었다.

돌아서면 잊어버리는 바닥난 기억력이 발목을 잡는가 하면, 복잡한 시스템으로 당황하고 온라인 강의로 인한 어려움도 많았다. 출석 수업이 있는 날 교수님의 강의는 뜨거웠지만 나의 이해력은 따라 주지를 않는다. 그저 살아온 대로 살 것을 사서 고생을 한다는 후회가 밀물처럼 밀려왔다.

화창한 봄날의 환상이 슬프기만 할 때 손 내밀어 지지해 준 선배들과 학우들의 응원은 큰 힘이 되었다. 학교 축제인 '시낭송의 밤'과 일 년에 한 번 출간하는 '한얼' 편집장으로 활동을 하면서 나의 대학생활은 시간이 갈수록 몸에 맞는 옷처럼 익숙하고 어떤 즐거움에 젖어들고 있었다.

고전문학과 현대문학에 대한 새로운 것을 배우는 즐거움은 잠자는 나를 깨웠고, 전공분야를 공부하여 전문인이 된다는 꿈은 무엇과도 견줄 수 없는 즐거움이었다.

젊었을 때보다 두 배, 세 배로 노력해야 겨우 따라갈 수 있었다. 태어나서 이렇게 오랜 시간 책상 앞에 앉아서 공부해 보긴 처음이었다.

집안일과 병행하며 공부한다는 것은 쉬운 일은 아니지만 그렇게 3학년으로 편입학하여 2년을 노력한 끝에 원하는 학점을 얻을 수 있었다.

인생은 늘 도전의 연속이다.

미친 듯이 학문에 빠져 드디어 국문학을 전공하게 되었지만 앞으로 다른 과목을 선택해 평생 공부에 매진하는 즐거움에 빠져들고 싶다. 다시 그 고통의 시간 속으로 기꺼이 함몰되고 싶다.

석굴암의 불경소리

오랜만에 석굴암으로 새벽운동을 나섰다.

한 아름 신선한 공기가 내 몸을 감싼다. 이른 새벽인데 벌써 운동을 끝내고 돌아가는 사람들도 있다. 오가는 눈인사 속에 활기찬 에너지를 느낀다.

밤새 내린 비로 연초록 잎은 쏟아질 듯 투명한 푸른빛을 발하고, 조용히 내딛는 발자국 소리마저 행복한 시간이다. 하늘을 가린 나뭇잎들 바닥에 키 낮은 풀잎들이 바람결에 몸을 흔들며 반긴다. 나무에서 뿜어내는 피톤치드를 온몸으로 느낀다.

긴 겨울잠에서 개구리가 깨어나듯 얼마 만에 오르는 산행인가. 한동안 우리 집 마당인 양 틈만 나면 즐겨 오르곤 했었는데, 차오르는 거친 호흡이 내 게으름을 질책한다.

한줄기 신선한 바람이 내 기분을 아는지 힘내라며 용기를 불어 넣는다.

걸보기와는 달리 유난히 성격이 급하고 내가 원하는 대로 일이 진행되지 않거나 잘못 흘러가는 경우엔 쉽게 화를 내는 버릇을 가진 내게 오랜 산행은 나를 숲을 닮아가게 하고 건강도 챙겨주었다.

어디쯤에 올랐을까.

숲의 깊은 정적 속에 산사의 불경소리가 온 세포를 깨우며 은은하게 들려온다.

'탐심하지 마라!' '머릿속에 가득한 허접스런 생각들을 내려놓아라!' '네 번민이 너를 구원하지 않으니 속세를 벗어버려라!' '진정한 행복을 원한다면 네 마음을 가난하게 하라!'

맑은 목탁소리가 내게로 알알이 박히며 온갖 잡념을 흩뿌리고 허공처럼 자유롭게 한다.

물질문명의 무한 질주는 인간에게 더 좋은 삶의 조건을 제공하지만 편리한 삶을 추구할수록 정신적으로는 더욱 피폐하여 가는 것을 뜨거워지는 냄비 속의 개구리처럼 느끼지 못하는 걸까.

법정스님의 〈무소유〉에서 '깨우치는 삶'은 어리석은 마음을 버리고 참 진리로 가는 길이라고 하였다. 행복은 욕심과는 상대적인 개념이어서 남보다 앞서가려는 이기적인 마음을 가질 때 우리 곁에 머물지 않으며 오히려 지나친 욕망으로 괴로움만 줄 뿐 행복할 수 없음을 전하고 있다.

발길 닿는 곳마다 수많은 진리들이 넘쳐나고 있지만 우리는 삶에 매몰되어서 깨닫지도, 실천하지도 못하고 시간의 강물에 흘러가고 있을 뿐….

구불구불 경사진 산책로를 따라 올라가면 조그만 암자가 있다.

깊은 산중에 허름하고 평범한 암자로 보이지만 철따라 불심 깊은 신도들이 많이 찾는 곳이기도 하다. 암자 앞으로 흐르는 도랑은 한라산에서 내리는 물줄기로 사시사철 청량한 물맛으로 이곳을 찾는 이들에게 목을 축이면서 쉬어 갈 수 있게 해 준다.

계곡은 곧게 뻗은 나무들로 하늘을 가리고 다래덩굴과 온갖 야생화와 노루며 다람쥐 등 작고 순한 동물들을 키운다. 새들은 둥지를 틀고 사랑노래로 종일 날이 가는 줄을 모르고 이따금씩 바람은 나무 사이로 휘파람을 불면서 어디론가 제 길을 찾아간다.

자연은 내게 다가와 아무것도 요구하지 않고 자연이 가지고 있는 좋은 것들을 아낌없이 내어준다. 하늘 아래 존재하는 것들은 어느 하나도 하찮은 것이 없으며 어김없이 창조의 질서를 지키며 산다.

법당에는 부처님이 자비로운 모습으로 앉아 계시고, 향을 피워 기도를 한 후 돌아서는 나에게 자연의 소리가 자꾸 따라온다.

사람으로 태어나 한갓 풀꽃만큼도 순결하지 못한 나의 삶이 자꾸 부끄러워진다.

3부
어머니

숲 비탈을 따라 주섬주섬 내려오는 길,
수목 사이로 사뿐사뿐 날아다니던 노랑나비 한 마리가
춤을 추며 저 멀리 날아간다.

어머니

어머니 하면 왜 눈물부터 나는 걸까?

'어머니=무조건 사랑', 그 은혜는 하늘 같다고, 누구나 단 1초의 머뭇거림도 없이 말들을 풀어놓지만 그 사랑에 대해서 우리는 얼마나 마음속에 간직하고 있을까?

나에게 어머니는 세상에서 가장 만만한 사람, 아무렇게나 막 대해도 괜찮은 사람, 살다가 힘들고 속이 상할 때 찾아가서 투정 부리는 대상쯤의 거리에 있지 않았을까.

어머니 품을 떠나 결혼을 하고 아이들을 키우면서 참 늦게야 어머니는 가슴 복판에 나의 어머니로 자리매김하였다. 아이들이 말을 안 들을 때, 대꾸하며 대들 때, 그래서 속이 상하여 울고 싶을 때, '아, 어머니는 얼마나 울고 싶었을까?' 내가 아픈 가시가 되었다는 생각에 돌이킬 수 없는 후회가 밀물져 온다.

공항으로 마중 나가 어머니를 모셨다. 서울에 있는 큰 병원에서 수술을 받고 내려오는 길이다. 게이트로 나오시는 어머니 모습이 너무 왜소하고 낯설어 울컥 울음이 나오는 것을 겨우 참아야 했다. 아무리 큰 태풍에도 거목처럼 끄떡하지 않으실 것 같았는데….

세월이 가면 모든 것이 낡게 마련이란 것을 왜 모르겠는가? 하지만 나의 어머니는 바위처럼 언제나 그 자리에 그대로일 것만 같은 착각으로 무심하였다. 항상 그 자리에서 방패막이 되어 우리를 지켜 주실 것만 같았다. 그러던 어머니도 속절없이 흐르는 세월 앞에선 어쩔 수 없는 모양이다.

우리 6남매를 키우면서 한 번도 힘든 내색을 하지 않으신 어머니, 사시사철 밭에서 농사지으면서 앓는 소리 한 번 내지 않고 소처럼 묵묵히 살아오신 어머니, 그래서 어머니는 아플 줄을 모른다고 여기고 있었을까? 아니면 나만 힘들다고 투정하면서 그냥 모른 체 살았던 것은 아닐까?

유대 속담에 '신은 모든 곳에 있을 수 없어서 어머니를 만들었다.'라고 하였다.

신의 사랑을 대신하여 사랑으로 세상에 오신 것이다. 생명까지도 아낌없이 줄 수 있는 숭고한 사랑이 우리 사이에 존재하는 것은 신의 창조의 위대한 섭리이며, 그래서 우리가 사람으로 살아가는 게 아니겠는가.

참 늦은 깨달음으로 어머니를 바라본다.

철따라 김치며 된장이며 온갖 채소며 바리바리 싸들고 오시는 어머니. 늦게야 그 사랑을 마음으로 읽는다.

밤낮없이 허드레를 걸치고 사시는 어머니도 고운 옷을 입을 줄 아는 여자라는 것도, 만면에 웃음 지으며 여봐라 하고 자식 자랑하고 싶은 당연히 여자라는 것도 뼈아프게 읽는다.

그렇게 모진 세상을 살아오신 어머니, 우리 6남매가 다 갉아먹어서 뼈와 가죽만 남으신 어머니, 운전하는 내내 차창이 자꾸만 흐려왔다.

어쩌랴, '늦었다고 할 때가 가장 빠른 때'라는 말로 위로 삼고 싶다.

어머니는 그래도 되는 줄 알았습니다 / 하루 종일 밭에서 죽어라 힘들게 일해도 어머니는 그래도 되는 줄 알았습니다 / 찬밥 한 덩이로 홀로 대충 부엌에 앉아 점심을 때워도 어머니는 그래도 되는 줄 알았습니다 / 한겨울 차가운 수돗물에 맨손으로 빨래를 방망이질해도 어머니는 그래도 되는 줄 알았습니다 / 배부르다 생각 없다 손톱이 깎을 수조차 없이 닳고 문드러져도 어머니는 그래도 되는 줄 알았습니다 / 아버지가 화내고 자식들이 속 썩여도 끄떡없는 어머니의 모습 / 돌아가신 외할머니 보고 싶으시다고 그것이 그냥 넋두리인 줄만 알았습니다 / 한밤중 자다 깨어 방구석에서 한없이 소리 죽여 울던 어머니를 본 후 어머니는 그러면 안 되는 것이었습니다.

　　　- 심순덕의 시, 〈어머니는 그래도 되는 줄 알았습니다〉

어머니, 부디 우리 곁에 오래오래 계셔요.

가족이라는 이름으로

봄의 전령사인 개나리가 온 사방을 노랗게 물들이고 있다.

개나리꽃이 하룻밤 사이에 봉오리를 터트리며 배시시 웃고 있다. 겨울이 지나면 어김없이 봄이 찾아오고 봄이면 꽃을 피우고 열매를 맺듯 사계절의 순환이 곧 우리의 삶이다.

자연의 순리에 따라 아이들도 어느새 훌쩍 자라 하나둘 부모의 품을 떠난다.

덩그러니 놓여 있는 아이들의 방, 시끌벅적 하던 때가 엊그제 같은데 아이들이 떠난 빈방을 정리하며 입학의 기쁨 뒤에 허전함이 밀려온다.

일 년 터울로 딸과 아들을 낳았다. 엄마라고 특별하게 잘해준 것도 없는데 힘든 내색 없이 꿋꿋하게 잘 자라준 아이들이 고맙고 대견하다.

서울에 있는 학교에 들어간다는 기쁨에 서울로 상경했다.

큰딸은 먼저 기숙사에 들어가 생활을 하면서도 여자라 그런지 별 불편함 없이 그저 제 할 일을 알아서 하기에 걱정이 없는데, 아들은 어려서부터 엄마인 내가 일일이 간섭하고 챙겨준 것이 버릇이 되어 우물가에 내놓은 어린아이마냥 불안하다. 당분간 서울 생활에 익숙해지기까지 잠시 이모네에 머물기로 하였다.

오랜만에 온 가족이 한자리에 모였다. 마침 친정 부모님께서도 일이 있어 서울에 오셔서 함께 자리를 할 수 있었다. 친정 가족들이 다 모인 셈이다. 그동안 못다 한 이야기도 나누면서 흉허물 없이 이야기를 터놓을 수 있는 가족이 있다는 게 얼마나 즐거운가.

저녁식사를 끝내고 분위기가 무르익을 무렵 저마다의 이야기꽃을 피우느라 정신이 없는데 동생이 내게 섭섭함을 내보인다.

그동안 쌓였던 감정이 한꺼번에 폭발한 것이다. 분위기가 썰렁해지더니 큰언니인 나에게 화살이 돌아왔다. 저마다 한마디씩 내뱉는다. 모든 책임은 내게 있는 모양이다. 나름대로 한다고는 했지만 동생들이 받아들이는 입장에선 부족한 것일까.

6남매의 맏이인 큰딸. 큰딸이라는 명분으로 치러야 할 대가가 이렇게 크다니….

그동안 참았던 말들이 한꺼번에 쏟아진다. 감정의 곡선은 최고조를 향하여 치닫는다. 한마디 하고 싶었지만 꾹 눌렀다. 동생들은 어려서부터 내가 시키는 일이면 어떠한 일도 잘 따라주었는데, 그동안 무엇이 이토록 불만으로 치닫게 했을까? 가족들의 알 수 없는 반항에 속수무책으로 지켜볼 수밖에 없었다. 가만히 듣고만 있던 작은동생도 한마디 하겠다며 나선다. "언니는 항상 보면 가족보다는 남이 우선이야. 가족들에겐 안부 전화 한 통 없으면서 남들에게는 어쩌면 그렇게 잘할 수가 있어. 남들에게 하는 것 반만이라도 우리 가족을 생각하면 안 돼?" 그 한마디가 더 이상의 말을 할 수 없을 만큼 무언으로 이끌었다. 잠시 침묵이 흘렀다. 동생들이 작정을 한 모양이다. 무엇을 어떻게 전달해야 내 마음을 보여줄 수 있을까.

요즘 TV광고 한 단면이 현재의 나를 보여 주고 있다. 가까운 사람의 소중함을 일깨우는 공익 광고이다. 집안에서와 외부에서의 생활이 전연 다른 모습을 보여주고 있다. 밖에서는 한없이 배려심이 깊고 자상한 반면 가장 소중한 사람들에게는 무관심으로 일관해 버리는 모습이다. 현대인의 바쁜 일상을 보여주는 현실적인 광고이다. 가족들의 서운한 감정을 광고를 통하여 느낄 수 있었다. 그것은 돈도 물질도 아닌 아주 사소한 관심의 문제였던 것이다. 조금만 더 일찍 알았다면 이토록 섭섭하지는 않았을 텐데, 내가 관심을 갖는 것 외에는 무심한 성격이라 가족들에겐 그렇게 보였을 것이다. 하지만 가족이란 관계는 기분과 감정에 따라 변하는 것이 아니기에 아무리 화가 나도 순간이 지나면 원점으로 돌아온다. 때로는 마음이 상할 때도 있지만 만나면 즐겁고 서로 힘이 되어 주는 큰 울타리가 아닌가. 바쁘다는 핑계 아닌 이유로 가족들을 소홀히 한 나를 돌아보게 한다.

프랑스 작가 알베르 까뮈는 "우리 생의 저녁에 이르면 이웃과 가족을 얼마나 사랑했는가를 두고 심판받을 것이다."라는 말을 하였다. 세상에서 가장 소중한 가족들, 지금의 나를 있게 해준 부모님 그리고 가족 친지들에게 얼마나 등한시했는가를 생각하는 시간이었다.

소중한 인연임에도 불구하고 언제든지 내가 필요할 때 부르면 당연히 옆에 있다가 달려와 줄 것이라 여기며 자기편의적이고 이기적으로 살아오지는 않았는지.

가족이란 내게 어떤 의미일까? 모두가 잠든 밤 베란다 문을 열고 서울의 도시를 바라본다. 밤하늘에 별들이 무리 지어 수놓고 있었다. 밤이 깊을수록 별들은 더 영롱하게 빛을 발하고 있다. 그때 별 하나가 길게 꼬리를 남기며 어디론가 사라져갔다.

그렇구나, 우리 또한 저렇게 함께 속삭이던 별처럼 때가 되면 어디로 사라지겠구나.

시간은 기다려주지 않는다. 지금 이 순간밖에…….

노랑나비의 향연

어느덧 여섯 해가 지나고 있다.

그날따라 날씨는 왜 그리도 흐렸는지….

새벽녘 할머니의 부음 소식에 안개를 헤치며 달려갔다.

당신은 곤히 잠들어 있는 듯 하얀 수의를 곱게 입으시고 생 生의 마지막 길을 채비하고 계셨다.

앙상하게 뼈만 남은 할머니 모습에 사람은 왜 꽃처럼 지면 안 되나, 생각하였다.

참을 수 없는 북받침에 소리 내어 엉엉 울었다.

치매 한번 없이 의연하게 살아오신 정신력도 그렇게 멀던 인간의 한계인 수명 앞에 무너짐을 보면서 생은 영원할 수 없음을 원망했다.

4·3의 소용돌이 속에 할아버지를 여의고 혈혈단신으로 기나긴 세월을 가난과 고독을 견디며 꿋꿋이 자리를 지켜 오신

의지의 여인이었다.

큰손녀인 나에게는 유난히 각별하였던 모습들이 떠올라 절로 눈물이 났다.

80을 훌쩍 넘기신 나이에도 의식이 또렷하시고, 시골에 사셨지만 매사에 분별력이 있고 자상하셨다.

내가 새하얀 면사포를 쓰던 날 할머니는 누구보다 기뻐하셨고, 깊은 주름 사이로 애써 미소 지으며 남몰래 눈물을 훔치고 있었다.

당신 몸 하나 제대로 추스르지도 못하는 연세임에도 불구하고 한 시간 남짓한 거리를 버스에 흔들리면서 온갖 찬거리를 들고 오셨다. 식욕이 없는 날이면 찬밥을 누룩과 함께 삭혀서 만든 할머니표 고유의 쉰다리를 좋아했기에 여름이 오면 늘 나를 위해 수고를 아끼지 않으셨다.

세월이 그렇게 지났는데, 모처럼 한가한 날 유리창 너머 파란 하늘에 눈을 주고 있노라니 세월 너머로 문득 할머니의 모습이 생생하게 떠오른다. 때로는 가끔씩 꿈속에도 찾아오시는데 그런 날이면 더욱 보고 싶어진다.

그리운 할머니. 부랴부랴 챙겨 입고 딸을 재촉하여 시골길을 달려 할머니 묘소를 찾았다.

평화로워 보이는 시골의 전경을 한눈에 볼 수 있는 아늑한 공간에 그토록 그리워하던 할아버지 곁에 나란히 누워 계신다.

"할머니, 어느새 증손녀가 중학생이 되었어요. 이제야 찾아왔습니다."

흐린 안개 사이로 어디에선가 본 듯한 노랑나비가 날갯짓하며 내 어깨 위에 살포시 내려앉았다 날아간다.

순간 할머니의 영혼이 점화하는 걸 느꼈다. 신비한 느낌이 짜릿하게 서늘한 선을 그으며 가슴을 스쳐가는 듯하다.

노랑나비가 다시 돌아와서 사뿐사뿐 내 주위를 맴돈다.

딸애의 시선도 신기한 듯 나비 따라 맴돌았다.

살면서 남는 것은 후회뿐인가.

숲 비탈을 따라 주섬주섬 내려오는 길, 녹음 진 수목 사이로 사뿐사뿐 날아다니던 노랑나비 한 마리가 춤을 추며 저 멀리 날아간다.

순간 함께했던 추억들이 아스라이 스쳐가듯 가슴 밑바닥에서 울컥함이 밀려든다.

봄이 오는 길목에서

첫아이의 고통스런 출산을 떠올려 본다. 어제 일인 듯 선명하지만 어느새 엄마 키를 훌쩍 넘겨버린 아이들을 바라보며 세월이 참으로 빠르다는 것을 실감한다.

온 세상이 하얗게 물든 어느 겨울날, 아이들을 데리고 영평동에 위치한 노인요양원을 찾았다. 요양원 직원들과는 평소에 친분이 있는 터라 아이들이 봉사하기에도 별 어색함이 없는 곳이다. 사무실로 들어서자 요양원 식구들이 우리를 반갑게 맞아 주었다.

담당 선생님께선 아이들에게 간단한 주의사항을 말하고는 각자 할 일을 분담시켜 주었다.

방문을 열고 들어서자 어르신들은 처음 보는 얼굴이라 낯설고 어색한지 애교 섞인 농담에도 아무런 말도 없이 묵묵히 제자리만 지키고 앉아 있을 뿐이었다.

아이들도 노인 냄새와 고목처럼 뼈만 남은 앙상한 모습은 처음 보는 일이라 어떻게 행동하기가 어색한가 보았다. 처음엔 아이들의 가식 없는 행동이 괜히 방해나 되지 않을까 걱정이 되었는데, 시간이 어느 정도 지났을까 나름대로 재능과 장기를 뽐내며 다정하게 말도 트게 되면서 마치 친할머니와 손자 손녀처럼 스스럼없이 자연스러웠다.

잠시 망설이던 아들이 제대로 분위기를 띄울 양으로 곰이 재주를 부리듯 유일한 장기인 막춤에다 요즘 한창 유행하고 있는 개다리춤으로 방방 띄우기 시작하였다. 어르신들은 박수장단에 맞추어 춤과 흥으로 함박웃음을 자아내기에 이르렀고, 모두가 즐거운 듯 방 안은 시끌벅적 웃음꽃이 만발했다.

그렇게 한참을 어르신들과의 교감하며 정감을 나누고 있을 무렵, 간식 시간을 알리는 종이 울렸다. 어르신들을 모시고 강당으로 나오라는 선생님의 지시에 따라 차례차례 강당으로 모여 간식을 나누어 드렸다. 치매 어르신들은 식사조절을 하느라 정한 분량만큼씩만 드려야 하는데, 할머니 한 분은 딸아이 몫으로 나누어준 간식이 탐이 난 모양이다. 조금만 더 달라며 딸아이 옆에서 어리광을 부린다. 딸아이는 소식小食하는 줄 알면서도 가엾어 보였는지 선생님 몰래 할머니 주머니 안으로 살짝 넣어드린다. 나이가 들면 어린아이가 된다던데 어르신들은 조금만 관심을 보이면 좋아하시고 잠깐 한눈을 팔

면 토라져 투정을 부리는데 아무래도 애정결핍이 원인인 듯
보였다.

한참을 어르신들과 이야기하다가 문득 이웃집 할머니가 떠
오른다. 지금은 돌아가셨지만 약간의 치매증상을 보이셨다.
얼굴은 늘 곱게 화장을 하시고 옷매무새는 항상 단정한 할머
니시다. 해질녘 가물가물 어둠이 내릴 즈음이면 누구를 기다
리시는지 쓸쓸하게 밖에 나와서 말없이 앉아 계시곤 하였다.
그러던 어느 날 우리 집에서 가까운 분들을 모시고 집들이 겸
식사대접을 하게 되었는데 할머니께선 어떻게 아셨는지 누런
봉투를 들고 오셨다. 봉투에는 꾸깃꾸깃 구겨진 만 원 지폐
한 장이 들어 있고, 겉봉에는 할머니의 비뚤어진 글씨로 '주
님의 사랑이 가득하길 빕니다, 행복하세요.'라고 쓰여 있었다.
가끔씩 정신이 말짱하게 돌아올 때가 있는지 좋은 덕담을 잊
을 수가 없다.

치매하기 전에는 유난히도 신앙심이 깊어서 새벽마다 교회
에 다녀오는 모습을 자주 뵈었는데, 오늘따라 할머니의 미소
짓던 고운 얼굴이 떠오른다.

사람이 마지막 가는 길은 어느 누구도 예외일 수 없는 것.
한번 태어나면 언젠가는 가야 할 길이기에 마지막 마무리를
잘 준비하며 살아야겠다는 생각을 잠시 해보았다.

어느덧 돌아갈 시간이 되었다. 많은 아쉬움을 뒤로한 채 손

을 흔들며 인사를 나눈 후 요양원을 나섰다.

여전히 펄펄 눈발이 날리고 있었다. 진눈개비는 땅에 내리자마자 이내 흔적도 없이 녹아버렸다. 인생을 일장춘몽으로 비유하지만 어쩌면 진눈개비처럼 허무한 것인지도 모른다.

방학이 되면 아이들에게 과제물로 봉사시간이 주어진다. 아이들은 봉사시간을 채우기 위해 바쁘게 이곳저곳을 찾아다닌다.

하지만 오늘은 과제물을 위해 갔어도 의무적인 봉사만은 아니었을 것이다. 상기된 얼굴에 눈빛이 빛나는 것을 보면 진정한 봉사의 의미를 깨달은 것 같다.

우리 아이들이 마음이 따뜻한 아이, 사랑의 아이로 자라 주기를 바라며 가만히 눈을 감아본다. 거센 바람과 눈발에도 아랑곳없이 돌 틈 사이로 연초록 풀잎이 돋아나고 있다.

어느새 봄은 우리 곁으로 가까이 다가오고 있었다.

쉰다리 사랑

무더위가 시작될 즈음이면 어김없이 할머니표 쉰다리가 떠오른다.

고향 하면 어렸을 적 할머니, 그리고 그 여름을 식혀 주던 쉰다리를 빼놓을 수 있으랴.

'다문화 음식축제' 주위를 둘러보면 쉽게 만날 수 있는 다문화 가정.

제주에 거주하는 다문화 가족들이 제주에 정착하여 불편 없이 살아가도록 행정에서 주관하는 연례행사이다. 이번 축제의 참가팀은 베트남, 필리핀, 인도네시아, 중국 등 7개국이다.

올해는 조금 특별하고 생소한 제주 고유의 전통 음식인 쉰다리를 만들어 보기로 하였다.

우리는 먼저 팀을 구성하여 쉰다리를 만들기까지의 과정들을 익혀 나갔다. 보기엔 간단한 것 같지만 쉰다리의 제 맛을 내려면 손맛이라는 특별한 재료가 필요불가결하다.

쉬어 가는 찬밥에 적당한 누룩의 양을 배합하여 2-3일 발효시켜야 하고, 적당한 불 때기로 한두 시간 푹 끓여 주면 맛있는 쉰다리가 탄생하게 된다.

쉰다리 하면 떠오르는 어린 시절. 그 시절엔 워낙 먹을 게 없을 때라 간식 겸 음료수 대용으로 만들어 주셨던 할머니의 쉰다리가 생각이 난다. 여름이면 무더운 날씨로 인해 금방 밥이 상하는데 바로 상하기 전 누룩과 함께 삭혀서 만든 발효식품이다. 물리지 않는 맛에 영양가도 풍부하여 여름이면 집집마다 쉰다리는 빠질 수 없는 유산균 기호 식품이다. 할머니와 함께 밭일을 나갈 때면 조그마한 주전자엔 늘 쉰다리도 함께 동행하였다.

열심히 땀을 흘리고 난 후 한 모금의 시원함. 갈증 해소에는 이만한 음식이 없었다. 새콤달콤한 쉰다리는 사계절 언제라도 좋지만 특히 8월의 뜨거운 태양 아래서 그 진가를 발휘한다.

솜씨를 내느라 고급 재료에다 다양한 빛깔을 내어 정성껏 만들었지만 옛날 할머니가 만들어 주시던 그 맛은 어디에도 찾을 수가 없었다. 쉰다리에 꼭 찬밥만이 아닌 다양한 재료들이 들어간다는 사실은 이번 행사를 통해 알게 되었다. 잘 익은 늙은 호박으로 만든 호박 쉰다리는 또 다른 맛의 특종이었다.

축제장은 온통 저마다의 전통음식을 만드느라 부산하게 돌아간다. 각 나라의 음식들이 탁자 위에 형형색색으로 온갖 모양으로 차려져 간다. 다양한 전통의상과 다양한 음식이 조화를 이루어 사뭇 흥을 돋우고 있다.

드디어 시식하는 시간이 되었다.

제주 토종 흑돼지와 막걸리 사이에 당당하게 쉰다리가 등장하였다. 과연 이국 사람들은 어떠한 반응을 보일까? 우리는 시식하기 좋게 컵에 따라서 탁자 위에 올려놓았다. 모두 신기한 듯 바라보다가 홀짝홀짝 맛을 보기 시작하였다. 우리는 어떤 반응일까 예의 주시하는데 생소한 듯 반응이 시원치 않더니 얼마가 지나자 조금씩 특별한 맛에 매료되는 듯, 한 잔 한 잔 마시던 것이 금세 동이 나고 말았다. 당연히 오늘의 히트 상품인 쉰다리는 만인의 사랑을 받으며 당당히 1등을 차지하며 막을 내렸다.

다문화 가족들과의 함께한 하루도 서서히 저물어 간다. 주변을 둘러보면 다문화 가족을 쉽게 만날 수 있다. 세계적으로 글로벌 시대가 온 것이다. 살아온 환경과 문화 모든 게 낯설지만 이제 우리는 한 가족이다.

우리 조상님들의 검약정신과 지혜가 담긴 우리 고유의 전통
음식인 쉰다리, 그 명맥을 꾸준히 이어 나갔으면 한다.
　내 어린 시절 추억이 고스란히 담긴 정겨운 맛 쉰다리. 오늘
은 할머니가 더욱 그리워지는 날이다.

이등병의 편지

단풍잎이 곱게 물든 가을날 강원도행 버스에 몸을 실었다.

언젠가 버스를 타고 한적한 시골길을 혼자서 조용히 여행하리라 생각하였다. 얼마나 고대하던 시간이었나. 그런데 우연찮게 그런 행운의 시간이 찾아왔다. 비록 아들 면회라는 특수임무이긴 하지만. 아들은 5주 훈련을 무사히 마치고 부대 배치를 앞두고 그 수료식에 참석하려는 것이다.

버스는 도시를 벗어나 구불구불한 언덕을 넘는다. 시골마을의 풍경은 언제나 평화롭다.

밀레의 '이삭 줍는 여인'이 연상된다. 드넓은 평야에는 한 해 농사를 수확하는 농민들의 바쁜 손길이 느껴진다. 도시에서는 느낄 수 없는 평화로움. 도시의 문화를 선호하면서도 어쩌면 마음의 바탕에는 자연에 대한 귀소본능이 깔려 있었는지도 모른다.

아들은 검게 그을려 있었다. 5주 전까지도 응석받이 아이였는데 제법 의젓한 군인이 되었다.

씩씩하게 적응해 가는 모습이 대견스러웠고 애써 엄마의 마음을 다독이는 모습에서 한층 성숙했음을 느낄 수 있었다.

까까머리로 입대하는 날, 환영식을 마치고 돌아서서 수많은 인파 속으로 멀어지면서 엄마에게 눈물을 보이지 않으려고 애쓰던 모습이 어제처럼 떠오른다.

대한민국의 건장한 사나이라면 누구나 다 거쳐 가는 과정이지만 가슴 한쪽이 뻥 뚫린 허전함이 느껴진다.

아들 앞에서만큼은 절대 눈물을 보이지 않으려고 굳게 먹은 마음도 잠시, 의지와는 상관없이 허물어져버리는 마음…. 애써 태연한 척 돌아서는 아들의 발걸음이 엄마인 내 눈에는 왜 그리도 무겁게만 보이는지.

자식을 군에 안 보내본 사람은 이 심정을 모를 것이다.

군에 갔다 와야 진짜 사나이라면 아들을 군에 보내 봐야 진정 군인 어머니의 심정을 알 수 있을 것이란 생각을 하여 보았다.

새까맣게 그을린 얼굴에 바싹 마른 입술. 유난히 허약하여 고된 훈련을 견뎌낼까 걱정이 앞섰는데, 그 험한 과정을 모두 이겨내고 한층 성숙해진 아들의 모습에 일찍 서둘러 군에 오길 잘했다는 생각이 든다.

　해는 서서히 저서 땅거미가 질 무렵 면회를 마치고 서울행 버스에 올랐다. 입영식 때와는 달리 아들의 씩씩한 모습을 확인해서일까 돌아서서 오는 발걸음은 한결 편안하였다.
　버스엔 면회 온 사람들로 북적였다. 장거리를 가야 하기에 조용히 눈을 감았다.
　애잔한 음악이 스피커를 타고 흐른다. 때마침 아들을 군에 두고 오는 엄마의 심경을 알기라도 하는 듯 김광석의 '이등병의 편지'가 흐르며 어수선한 감정을 후벼댄다.
　"집 떠나와 열차 타고 훈련소로 가던 날 부모님께 큰절하고 대문 밖을 나설 때….'
　하필이면 지금 이 음악이 흐르는 걸까. 감정을 주체할 길 없는데 동병상련이라 했던가 옆자리의 아주머니가 말을 걸어온다.
　언제 어디서건 군에 보낸 아들 이야기만 나오면 엄마는 눈물을 글썽이나 보다.
　한참이나 우린 그렇게 엄마의 넋두리를 주고받으며 서로를 위로하였다.

　아들이 훈련받고 있는 최전방은 지금도 영하의 날씨인데 앞으로 얼마나 추울까?

올겨울은 예년과 달리 유난히 춥다던데….

아들의 체취를 느끼고 싶어 훈련소에서 보내온 옷가지며 편지를 책상 위에 가지런히 놓아두었다. 일주일이 멀다고 보내오는 편지가 아들의 책상 위에 수북이 쌓여 간다. 조금 있으면 자대 배치가 되고 휴가도 나오겠지. 날마다 대문 밖에서 아들의 휴가를 기다리고 있다.

문득 먼저 아들을 군에 보낸 선배 엄마의 농담 삼아 던진 경험담이 떠오른다.

처음 휴가 올 땐 신발 벗고 달려가서 얼싸안고, 일병 달아서 오면 '또 휴가 왔니?' 하고, 고참 상병이 돼서 올 때쯤이면 '왜 이렇게 자주 오니, 비행기 값이 얼만데?' 한다는 우스갯소리를 들은 적이 있다.

아들아, 아무러면 어떠냐? 나는 오늘도 네 첫 휴가 소식을 기다리면서 김광석의 '이등병의 편지'를 듣고 있다.

"집 떠나와 열차 타고 훈련소로 가던 날 부모님께 큰절하고 대문 밖을 나설 때…."

사랑한다, 아들아. 저 들판의 소나무처럼 푸르거라.

아버지의 미소

아버지의 팔순이다.

육남매 모두 출가해 특별한 날이 아니면 만나기가 쉽지 않은데 오늘은 한자리에 모두 모였다. 저마다 살기 바쁜 세상에 우리 가족의 자랑이라면 가족들 간의 화합이다.

팔순이신 아버지는 언제나 청춘이다. 늘 긍정적인 사고를 지니고 계시기에 언제나 싱글벙글이다. 젊어서부터 온갖 고생을 하면서도 큰 욕심 한번 내 본 일이 없다. 나는 우리 아버지를 자연인에 비유하고 싶다. 세월에 거스름 없이 주어진 일에만 묵묵히 흐르는 물처럼 그렇게 살아오셨다.

농사가 하늘이 내린 천직인 줄 알고 충실한 소처럼 우직하게 가족만을 위하여 앞만 보며 살았다. 세월 앞에 장사 없다고 감기 한 번 앓은 적 없던 아버지도 속절없이 흐르는 세월 앞에선 어쩔 수 없는 모양이다. 며칠 전 심하게 감기를 앓아

수액까지 맞으셨다.

　세상의 모든 아버지가 그러하듯 어깨엔 무거운 책임감으로 가족을 위해 힘든 내색 없이 평생을 당연한 것처럼 그렇게 살아왔다. 어쩌면 그 표본이 이 시대의 아버지요, 우리들의 아버지일 것이다. 아버지는 무정하게도 아주 작은 사랑도 표현을 하지 않는다. 아니 표현하는 방법도 모른다. 언제나 무뚝뚝한 모습으로…. 하지만 아버지는 우주를 감싸 안을 만큼 큰 사랑을 가지고 계시다. 그러면서도 표현에는 여전히 서툴기만 하다.

　아버지란 존재를 떠올리면 지극히 고달프고 외로운 존재이다. 눈 내리는 밤 가로등 불빛 아래 바바리 깃을 세우고 쓸쓸히 걸어가는 남자가 연상되듯, 가장이라는 굴레에 감당하기 힘든 삶의 무게에 짓눌려도 흔들리지 않는 강인한 모습으로 그 자리를 지켜낸다.

　아버지의 복사판이라 할 정도로 아버지를 쏙 빼닮은 나는 어려서부터 원인을 알 수 없는 잦은 병치레로 부모님을 고생시켰다. 병명을 알 수 없어 시름시름 시들어가는 나를 어렵게 살려냈다. 안 다녀본 병원이 없을 정도였다고 한다. 가끔 나는 철없는 투정을 한다. 어렸을 때 아프지 않았더라면 내 운명이 달라졌을지도 모른다고 말이다.

가까운 친지들을 모시고 식사라도 대접하고 싶지만 부모님께서 만류하는 바람에 식구들만 오붓한 만남을 가졌다. 연말인데도 경기 탓인지 북적거리던 식당과 도시는 한적하다. 1차는 일식집에서 식사를 마치고 특별히 노래방에 가지 않아도 충분히 즐길 수 있기에 우리 집으로 향했다. 거실에 노래방 기계를 설치해 놓고 오늘의 주인공인 아버지께서 평소 부르시던 애창곡으로 2부가 시작되었다.

무료할 때면 동네 복지관에서 노래를 불렀다는데 음정이나 박자 바이브레이션까지 가수 못지않은 솜씨다. 동생들은 아버지의 장단에 맞추어 흥을 돋운다. 바로 어머니의 '여자의 일생'이 이어졌다. 어머니의 세대라면 누구나 한 곡조씩 불렀을 노래이다. '여자이기 때문에 참아야 하는….' 어머니의 인생을 고스란히 보여주고 있다. 젊음을 과시하듯 서울에서 온 동생 부부들도 신세대에 맞게 맘껏 끼를 발휘한다. 그렇게 신나게 노래에 취해 가족들 모두가 한 곡조씩 돌아가면서 불렀다. 끝으로 내 차례가 되자 나는 노래 대신 예전에 기록해 두었던 '부모님 전상서' 수필을 낭독하였다. 주변이 갑자기 숙연하다. 읽는 내내 목이 메어 겨우 읽어 내렸다. 가슴에선 울컥함이 밀려든다. 낭독을 한 후 동생들 눈가엔 눈물이 그렁그렁 맺혀 있다. 막내는 끝내 울음보따리가 터졌는지 어머니에게 매달려 서럽게 울어댄다.

우리 모두는 남은 인생 효도하며 살겠다는 다짐을 하며 부모님께 큰절로 마무리하였다. 그러고 보니 오늘이 12월의 마지막 밤이다. TV에선 정유년 새해를 알리기 위해 한참 준비 중이다.

드디어 12시가 되자 새해를 맞이하는 제야의 종소리가 울린다. 모두가 새로운 마음으로 기도하는 순간이다. 지금 나라 안팎은 어수선하다. 하루빨리 안정을 찾아야 한다. 무엇보다 화합이 필요할 때이다. 남들이 부러워할 만큼 큰 부자는 아니지만 마음만은 부자이다. 어디서 무엇을 하든 서로를 위하고 존중하는 마음은 변함이 없을 것이다.

그렇게 하루를 마무리하고 오빠 내외는 부모님을 모시고 집으로 향하였다.

아버지의 팔순. 말이 팔순이지 그 기회에 온 가족이 모인 것이다. 비록 조촐한 한 끼의 식사지만 흡족해하는 부모님의 모습만으로도 행복하다.

자식이 아무리 훌륭하여도 그 아비만 한 자식이 없다고 한다. 오늘따라 유독 아버지의 그늘이 크게만 보인다. 언제나 태양처럼 우리를 지켜주시는 아버지, 백세인생 백세시대라는데 건강하게 오래 사셨으면 하는 바람뿐이다.

노을이 아름다워야

'모진 인생을 살아온 사람들의 인생 이야기', '보람찬 노후를 위한 개척수기' 입상작을 발표하고 시상식이 있는 날이다. 하나같이 '젊어서 고생은 사서도 한다.'는 말이 무색할 정도이다.

처서가 하루 전날인데 온난화의 영향으로 더위는 기세가 당당하게 꺾일 줄 모른다. 34도를 넘나드는 폭염이지만 모두들 단정하게 하나둘 무리 지어 학생문화원 행사장으로 들어선다. 마침 일요일인 데다 여러 행사가 겹쳐서 참석인원이 적으면 어쩌나, 집행하는 입장에서 슬그머니 걱정이 앞섰다. 웬걸 행사 10분 전에 행사장은 앉을 틈이 없을 만큼 대성황을 이루었다.

대상을 시작으로 16명의 우수상까지 시상을 마친 후 대상을 수상하신 김영희 어르신의 사례발표가 이어졌다. '먼 길'이라는 제목으로 지나온 인생을 되돌아보며 써내려간 수기, 어려서부터 모진 고난을 견디며 척박한 삶을 극복하여 어엿이 일가를 이룬 어르신의 일대기를 들으며 여기저기서 감동의 물결로 눈시울을 적신다. 무학의 한을 품고 살아오다 칠순이 되어 글을 배우기 시작하고 대학까지 마치는 감동적인 향학열은 누구나 할 수 있는 일이 아니리라.

나이는 단지 숫자에 불과할 뿐이라는 말도 어쩌면 어르신을 두고 하는 말일 것이다. 앞으로 남은 생을 사회에 봉사하며 살겠다며 당당한 포부도 밝히셨다. 몸은 비록 쭈그러들었지만 마음만은 청춘이라며 당당하게 자신감을 내보이신다.

비록 문장의 화려함이나 기교는 없었지만 인생을 반추하며 써내려간 글이기에 더 가슴에 와닿는지도 모른다. '죽으면 썩어 없어질 몸 아껴서 무엇 하랴, 생이 다하는 날까지 움직일 수 있는 한 열심히 살아사 허주.'라는 어느 어르신의 말씀도 잊히지 않는다.

어르신들의 척박한 삶을 일구어 오신 노력과 지혜를 마음에 새기며, 해질녘 노을의 아름다움을 연상하여 보았고, 한분 한분이 걸어오신 길은 '인생승리' 그 자체라고 생각하였다.

비록 한 시간이라는 짧은 행사였지만 보람찬 하루였다.

한여름 시들어 가는 나의 감성에 한줄기 소나기였다. 16명의 어르신들의 이야기는 살아 숨 쉬는 생명체였으며 새삼 나를 돌아보게 하였다.

어제가 오늘이고 오늘이 또 내일로 이어지는 그럭저럭 무력한 나의 일상에서 무언가 뜨거운 것이 번쩍 솟구쳐 오르는 것이다. 신은 공평해서 누구에게나 똑같은 공간과 시간을 허락하지만 주어진 인생을 어떻게 살아야 하는가는 어디까지나 본인의 몫이라 하겠다.

뒷마무리를 하고 행사장을 막 나서려는데 어르신 한 분이 얼른 다가와서 내 손에다 드링크 한 병을 쥐여준다.

"우리 늙은이들을 위하여 사회 보젠허난 고생해서이, 막 고마워이."

장시간 가방 속에서 뜨겁게 달구어진 음료수가 냉장고에서 막 꺼낸 것처럼 시원하였다.

밖에 나서니 그대로 폭염이었다. 올해는 또 얼마나 더우려나….

더 늦기 전에

가게로 들어오시는 아버님의 안색이 너무 안 좋아 보여서 덜컥 겁이 났다. 마치 큰 병이 온몸을 휘감고 있는 듯한 반갑지 않은 예감이다. 감기가 심해서 병원에 갔더니 독감이라 한다. 그나마 큰 병이 아니어서 안심이다.

아버님은 늘 온화한 모습에 성품이 소탈하셔서 누구에게 싫은 내색을 안 하시는 분이다.

며느리 사랑은 시아버지라고 부족한 나를 친딸처럼 살갑게 대해 주셨다. 결혼해서 살아오는 동안 집안의 대소사는 물론 언제나 나의 의견을 존중하며 나의 입장에서 생각해 주신다. 덕분에 나는 시집살이의 고충이 뭔지 모를 정도로 따뜻한 날들을 보낼 수 있었다.

전형적인 제주 토박이인 나는 표현에는 늘 서툴다. 모든 것을 이해하고 받아주시는 아버님이기에 애교 대신 잔뜩 투정만 늘어놓았다. 어린 시절 친정 부모님께 하던 버릇대로 투정을 부려도 아버님께서는 역정 내시기는커녕 그저 인자한 미소를 짓고 만다. 큰며느리로 아이 둘을 키우면서 바쁘게 지내다 보니 이제야 부모님의 마음을 조금은 알 것 같고, 그동안 시부모님께 잘해드리지 못한 것들이 마음에 늘 걸린다.

  아버님이 많이 아프시다. 나에게는 그저 독감이라고 하였지만 그게 아니었다.
  어디서부터 손을 써야 할지, 별다른 방법이 없는 모양이다. 아버님의 호출에 다녀와서는 남편은 아무 말 없이 우두커니 앉아 있다. 순간 분위기가 심상치 않음을 직감하였다. 남편이 산책 가자는 말에 따라나섰지만 머릿속에선 불길한 상상이 꼬리를 물었다. 남편이 무거운 침묵을 깨고 입을 열었다. 그 순간 나의 머릿속이 하얘지는 것을 느꼈다. 좀 전까지만 해도 설마설마하였는데 마른 날에 청천벽력이 따로 없었다. 하염없이 눈물이 났다. 어떻게 아버님의 얼굴을 뵐까 엄두가 나지 않았다. 그러나 아버님은 평온한 모습이셨다. 나는 얼굴도 못 드는데 시한부 판정을 받으신 아버님은 아무 일도 없었다는 듯이 평소처럼 일하고 계셨다.
  그날 저녁, 남편은 비장한 얼굴로 말을 하였다. 이제부터 아버님의 남은 날 동안 최선을 다하여 동행하겠노라고 말하는 거였다.

이른 새벽 전화벨이 울렸다. 무슨 일인가 불안한 마음으로 수화기를 들자 아버님이셨다. 차분하게 가라앉은 목소리로 뜬금없이 내 계좌번호를 알려 달라는 것이다. 뜻밖에도 내 첫 작품집을 낼 때 쓰라며 돈을 입금하겠다고 하신다.

"그간 맏며느리로 들어와 고생이 많았다. 등단 10년에 남들처럼 책 한 권 제대로 내지 못한 게 늘 마음에 앙금으로 남았다. 네가 늘 고마웠다." 아버님은 나직한 목소리로 차근차근 말씀을 하신다. 이미 운명을 받아들이기로 마음먹고 생의 주변을 정리하려는 듯이 들렸다.

이미 마음먹은 일이라 사양해도 소용이 없는 줄 알기에 아무런 말 없이 고맙다는 말을 전하며 수화기를 내려놓았다. 울음이 봇물처럼 터져 나왔다. 출구 없는 동굴 속에 갇힌 듯이 답답하였다.

그간 한눈팔 새 없이 삶에 쫓기며 여기까지 오는 동안 시부모님께 소홀했던 후회가 파도처럼 밀려왔다. 그러나 여기서 더 후회할 수는 없다. 지푸라기라도 잡고 싶은 심정으로 서둘러 남편과 함께 아버님을 모시고 서울대병원을 찾았다. 큰 병원에서 정확한 진단을 받고 앞으로의 대책을 세우기로 하였다.

의사 선생님은 입원을 해서 치료해 보자며 희망 섞인 말을 하여 주었다.

아버님은 의식도 또렷하시고 안색도 평온하셨다. 한 치의 흐트러짐도 없이 의연하시다.

조금만 더 내게 시간을 준다면 이번 기회에 아버님과 머물며 속으로만 담아 두었던 못다 한 대화도 나누고 못난 며느리 호강 원 없이 시켜 드리고 싶은 마음 간절하다.

'진인사대천명'

남은 생이 얼마가 될지는 신만이 알고 있다. 더 늦기 전에 내가 할 수 있는 모든 일들을 최선을 다하리라 마음을 다졌다.

4부
가을에 빠지다

내게 고향의 산과 바다란
다정한 친구이자, 그리움이자, 사랑이 아닌가.

가을에 빠지다

허수아비 어깨 너머로 가을이 익어간다.

계절의 여왕 코스모스가 온 들판을 수놓고 있다.

들숨 날숨으로 가슴 깊이 공기가 달콤하고, 몽롱하던 머리에 향수를 뿌린다.

이런 날 조용한 음악을 들으며 혼자 운전하는 것은 마음의 먼지를 털어내는 일이다.

가을이 오면 내가 하는 일이 더욱 분주해진다. 오늘도 일 때문에 성산포로 가는 길이다.

가슴이 뛴다. 일을 위해서라기보다 일을 핑계 삼아 내적 욕구를 분출시키려는 것이다. 언제부터 매몰된 일상에서 꿈꾸어 오던 일탈의 시간인가?

일이라고는 하지만 일로써 사람들을 만나는 것이 즐겁고,

그 일로써 타인에게 도움을 주고 의미 있는 일을 하는 것은 즐거운 덤이 아닌가.

오늘따라 하늘이 유난히 투명하고 높다. 황금빛 물결로 출렁이는 들판, 그 위로 자유롭게 유영하는 고추잠자리들, 계절을 통째로 한 아름 안겨주는 코스모스. 너무 아름답고 평화로워 눈물이 난다.

이 아름다운 계절을 만나려고 이른 봄부터 그렇게 눈코 뜰 새 없이 달려왔는지도 모른다.

지난여름은 유난히 무더웠다. 무더위에 치이고 일에 치이고 삶에 치여 데친 나물처럼 처진 마음을 보상이라도 하듯 가을 하늘은 청아하다.

감추려고 / 감추려고 / 애를 쓰는데도 / 어느새 / 살짝 삐져 나오는 / 이 붉은 그리움은 / 제 탓이 아니예요

– 이해인 〈석류의 말〉 중에서

일주도로를 따라 40여 분 달리니 멀리 성산 일출봉이 가까이 다가온다.

얼마쯤 달렸을까, 커다란 석산과 함께 성산포가 보인다. 교각 사이로 양옆으로 넓게 펼쳐진 성산포 바다. 물 위를 걷고

싶을 만큼 물결이 잔잔하다.

유독 성산포는 다른 곳보다 마음이 많이 닿는 곳이다.

고향도 아닌데 이곳에 오면 넓은 가슴에 기댄 듯이 다정해지는 것은 왜일까?

약속 시간에 맞추어 손님을 만나고, 일사천리로 예정된 일을 마치고 나니 날아갈 듯하다.

내게 일이 없었다면 그 세월 무력한 시간들을 어떻게 견뎠을까?

나는 어릴 적부터 성공한 여자가 되겠다는 당돌한 꿈을 꾸어 왔다. 그래서 나의 열정을 토해낼 수 있는 일을 갖게 되었고 그 일을 통하여 비록 작지만 성취감과 보람을 느끼고 있다.

행복이란 그렇게 거창한 것도, 먼 데 있는 것도 아니란 것을 깨닫는다.

모처럼 일을 마치고 그냥 돌아서기 아쉬워 일출봉으로 향했다.

연간 관광객 100만 명이 찾는다는 산. 울긋불긋 사람들이 장사진을 이루어 개미처럼 오르고 있다. 문득 오래전 해돋이를 맞으려고 아이들을 데리고 왔을 때 커다란 해가 분화구를 삼키듯 활화산처럼 타오르던 장엄함에 환호성을 지르던 기억이 생생하다.

한 점 도자기처럼 바다 위에 떠 있는 일출봉. 그다지 높지도 크지도 않지만 신비하고 아기자기한 모습. 가히 신이 빚어놓은 걸작임에 분명하다.

정상에 오르니 푸른 바다가 끝없이 펼쳐져 있고 분화구의 하얀 억새들이 일제히 손을 흔들며 반긴다.

아, 여기 가을이 깊다. 저 환호 속으로 한 식경쯤 빠져서 세상을 잊고 싶다.

돌아오는 길은 깃털처럼 가볍다. '아, 가을인가' 콧노래를 흥얼거린다. 사랑하고 싶다.

만남 그리고 이별 그 후

한적한 오후 집을 나섰다. 포근한 햇살이 나를 감싼다.

유리창 너머로 자연이 펼쳐놓은 넓은 들녘이 내 시야를 사로잡는다. 하늘하늘 실바람에 흔들리는 억새의 하얀 손짓들이 아쉬운 듯 한 해를 작별하고 있다.

무엇이 나를 이곳으로 이끌었을까?

낯선 거리를 배회하는 이방인처럼 누군가에게 이끌리어 나도 모르게 들어선 곳이 김영갑갤러리 두모악.

갤러리 주변엔 오밀조밀 앙증맞은 꽃들이 사람들의 시선을 끌어모으고 있다.

흔한 제주 돌로 쌓은 나지막한 울타리에 나지막한 집, 폐교된 삼달초등학교 분교를 매입하여 그의 갤러리를 조성하였다. 그러나 김영갑갤러리 두모악에 들어서면 결코 나지막하지가 않다. 전에도 몇 번 다녀간 적이 있지만 그때마다 나는 갈증 같은 그리움에 젖어들곤 하였다.

김영갑은 20대의 청년으로 왔다가, 제주의 자연에 매료되어 20년을 작품 활동을 하고 48세의 짧은 생을 마감하였다.

콘크리트 벽면엔 살아생전 초원을 누비며 그가 포착한 제주 자연의 순간들이 살아서 나를 바라본다. 그것은 늘 쉽게 만나고 지나가는 제주의 자연이 아니다. 그는 한순간을 포착하기 위하여 한 개의 바위처럼 아니면 나무가 되어 하루고 이틀이고 기다렸다. 눈이 오나 비가 오나 그 자리에서 제주 자연이 그를 찾아올 때까지 기다렸다.

늘 혼자였고 늘 외로웠고 그리고 배가 고팠지만 기다렸다. 루게릭병으로 점점 사지가 경직되어 갔지만 그는 카메라의 셔터에서 손을 떼지 않았다.

2005년 그가 떠난 지 10여 년이 지나고 다시 찾은 김영갑갤러리 두모악.

오늘도 그를 기리는 사람들이 줄을 잇고 있다.

그들은 무엇을 보려고 찾아오는 것일까?

그의 작품에서는 그의 예술혼이 살아서 타오르고 있다.

그의 작품에선 늘 바람이 불고 있다. 제주의 바다와 제주의 돌과 그리고 어머니의 젖가슴 같은 오름과 구름과 억새와 나무들이 바람으로 울고 있다. 우리는 소리치는 제주의 바람소리를 그의 작품에서 듣는다. 아니 그가 우리 가슴으로 불어오고 있다.

그는 갔지만 그 자리에 여전히 기다리고 있다.

섬 속의 작은 섬 우도

여름을 재촉하는 비가 촉촉이 내리는 일요일, 친분이 있는 분의 초대로 우도를 다녀왔다.

제주도 전역에 마른장마로 대지가 마르고 있는데 모처럼 내린 비는 온 대지를 촉촉이 적셔주고 있어 잠시나마 시원함을 안겨주었다.

하얀 물살을 가르며 관광객을 실은 도항선은 주변 경관을 감상할 겨를도 없이 10여분 남짓하여 우도 청진항에 도착하였다. 갈매기들도 신이 나서 뱃길 주변을 맴돌며 사람들이 던져주는 대로 새우깡을 경쟁이라도 하듯 척척 받아먹는 것이 신기하다.

섬에 들어서니 짭조름한 갯내음이 우리 일행들을 유혹하고 있다.

우도는 제주의 섬 중에 가장 큰 섬으로 소가 드러누워 있는 모습이거나 머리를 내민 모습 같다고 해서 붙여진 이름이라고 하였다. 둘레가 17km인 우도는 섬 전체가 현무암으로 되어 있고 주변 경관들이 명승지란 이름대로 빼어난 그림을 그리고 있다.

해안선을 따라 해수욕장 일대를 거닐다 보니 발끝으로 살포시 느껴지는 감촉들, 산호초와 고동껍질이 만들어낸 하얗고 굵은, 차라리 잔자갈이라 할 만한 모래는 유일하게도 이곳에서만 볼 수 있는 정취다. 때마침 썰물 때라 물이 빠져나간 하얀 모래사장을 영화의 주인공이나 된 듯이 폴짝폴짝 뛰어다니며 푸른 파도와 벗 삼아 맘껏 거닐었다.

오랜만에 들어보는 해녀들의 숨비소리와 갯바위에서 평화롭게 낚시를 즐기는 강태공의 모습은 한 폭의 그림을 연상케 한다. 용암이 빚어낸 바닷속의 동굴을 따라 부채꼴 모양으로 넓게 펼쳐져 있는 바윗덩어리의 신비함은 말로 표현할 수 없는 하나의 예술작품 같았다.

소의 머리를 닮았다 하여 붙여진 이름이 우도봉, 너른 품으로 마을을 감싸주며 수호신이 되어 마을을 지켜주는 푸른 섬, 자연이 펼쳐 놓은 넓은 들녘은 한 컷의 비경이었다.

자연과 인간이 합일되는 아름다움에 매료되어 한동안 멍하니 눈을 뗄 수가 없었다. 안개가 자욱하게 깔려 있어 신선이 된 느낌이었다.

아, 이렇게 아름다울 수가….

발길 닿는 곳마다 신비로움을 안겨주는 최고의 아름다움인 우도 팔경은 낮과 밤(주간명월 야항어범). 하늘과 땅(천진관산 지두청사) 앞과 뒤(전포망도 후해석벽) 동과 서(동안경굴 서빈백사)를 자랑하고 있으며 이에 질세라 섬 전체의 길목엔 수국으로 온통 군락을 이루는 모습이 꽃 박람회를 연상하게 한다.

이곳은 인구가 고작 1800명인 작은 섬마을이지만 제주 속의 작은 섬을 보여주듯 아낌없이 후한 인심을 자랑한다. 전교생이 초, 중학생 합해서 몇 명이 안 되는 아담한 작은 학교지만 운동장은 초록빛 물결로 융단을 깔아 놓은 듯 곱게 단장을 해놓았다. 교장선생님은 재치 있는 말솜씨로 섬의 역사와 전설과 학교의 자랑을 흥미롭게 전해 주셨다.

푹신한 연초록 잔디가 깔린 운동장과 다감한 교사는 동화 속의 나라를 연상케 할 만큼 아름다웠다. 교실로 들어서자 집 안방으로 들어선 기분이다. 화초들은 저마다의 자태를 뽐내느라 정신이 없다.

차를 타고 우도 전체를 관람하고 있는 내내 안개비는 계속 내린다.

마지막으로 둘러본 곳이 마을 전체를 한눈에 볼 수 있는 우도 박물관이다.

국내에서 유일하게 이곳에서만 볼 수 있는 화석이며 곤충들이 다양하게 전시되어 있다.

해녀들이 물질하는 모습들과 이곳의 역사 생활상들을 한눈에 볼 수 있는 해양 종합 박물관이라 할 수 있다.

섬 속의 작은 섬 우도, 신이 내린 마을이라 할 만큼 천혜의 관광자원을 자랑하고 있는 평화로운 마을, 인고의 세월만큼 이나 자연이 주는 경이로움은 이곳에서 터를 잡고 살아가는 사람들의 훈훈한 정을 엿볼 수 있었다.

영주산의 가을

창밖을 보니 금방이라도 비가 쏟아질 기세다. 문학회의 연중행사로 오름 탐방에 나섰다. 제주에는 총 368개의 오름이 있다. 오늘은 성읍리에 위치한 영주산을 오르기로 하였다. 영주산은 가파르지 않으면서 빼어난 절경을 자랑하는 곳이다. 성읍 마을에서 1.8㎞ 지점에 위치하고 있으며 해발고도는 326.4m인 오름이다. 오름의 사면 대부분은 초지로 이루어진 곳으로 조선시대 제주 목사 중 한 명이 영주산이 풍수지리적으로 좋아 성읍 마을의 주산으로 삼았다고 한다.

영주산을 향하여 가는 길, 비가 추적추적 내린다.

저마다 우산을 받쳐 들고 능선을 따라 순례자의 모습으로 산을 오르기 시작하였다. 모두가 상념에 잠긴 듯 말이 없다. 오름 입구 비탈은 완만한 풀밭으로 가려져 등산로를 찾기가 쉽지 않다. 등산객들의 발자취를 따라 풀을 헤치며 오르다 보니 특이하게도 나무로 설치된 계단이 보인다. 루쉰이 말했다. 땅에는 원래 길이 없었다. 걸어가는 사람이 많아지면 그것이 곧 길이 되는 것이다. 영주산 정상으로 향하는 길이다. 재미있게도 사람들은 이 계단을 천국의 계단이라고 부른다.

넓은 들판은 소들의 방목지인 모양이다. 무리 지어 한가롭게 누워 있는 모습들이 여유롭다. 그중에도 유난히 눈망울이 큰 소에게 눈길이 간다. 눈물이 그렁그렁하다. 금방이라도 뚝뚝 쏟아질 기세다. 무슨 슬픔을 간직하고 있기에 저리도 슬퍼 보일까? 눈이 마주치자 자기의 마음을 알아달라는 듯 음~메 하고 소리를 지른다. 비 내리는 들판에 처량하게 서있는 모습이 애처롭다. 발밑으론 이름 모를 야생화가 빗물을 머금고 반가운 몸짓으로 고개를 내민다. 늦게 피어난 가을 야생화가 수줍은 색시처럼 나를 보며 방긋 웃는다. 그중 연보랏빛으로 온 산야를 물들이며 군락을 이루고 있는 꽃향유에 마음이 쓰인다. 한두 송이 필 때는 시선을 끌지 못하지만 무리 지어 필 때 돋보이는 꽃이다. 세상을 변화시키는 힘을 가진 꽃이라 한다. 한 사람 한 사람 힘을 모으면 큰 힘을 발휘한다는 상징적인 의미를 가지고 있기에 더 마음이 가는지도 모른다. 세상에 이름 없는 생명이 어디 있을까. 알수록 신기하고 매력에 빠져들게 한다. 특히 꽃향유는 식용으로 먹을 수 있고 한방에서는 약용으로도 쓰인다. 감기, 오한, 발열, 구토, 설사, 부종 치료에도 효력이 있다고 하니 얼마나 이로운 식물인가. 저마다 이름을 갖고 의미를 담고 있는 식물들이다. 하찮은 잡초에 불과하지만 살아가려고 몸부림치는 끈질긴 생명력이 경이롭다.

얼마쯤 올랐을까, 뒤를 돌아다보니 사위가 안개 속이다. 상상속의 세계를 걷는 듯 아름답다. 안개가 자욱하게 깔려 있는 전경은 보는 자체만으로도 신비롭다. 산은 오를수록 매력에 빠진다는 말을 실감한다. 이런 기분을 만끽하고 싶은 마음에 산을 찾는지도 모른다.

비를 맞으며 맞이한 정상 분화구를 둘러싼 갈대밭은 계절이 지나고 있음을 보여준다. 모두가 초연히 내려놓을 준비들을 하고 있다. 봄여름 내내 청정함을 자랑하던 녹음도 자연의 섭리 앞에선 거역할 줄 모른다. 가을의 전령사인 갈대도 무성하던 본연의 모습은 온데간데없고 앙상한 가지만을 드러낸다. 이들도 자연의 순리에 따라 때가 되면 떨어지고 또한 새로운 봄을 꿈꾸며 더욱 푸른 싹으로 피어나길 기대하며 희망을 간직하고 있을 것이다.

그렇게 영주산의 가을은 속절없이 깊어만 간다.

다양한 생물자원이 가득한 곳, 풍부한 생태환경을 자랑하던 초원도 사람들의 무분별한 개발로 무참히 훼손되고 있다는 가슴 아픈 말들이 전해온다. 자연은 우리의 생명과도 같은 것이다.

한 사람 한 사람이 모여 세상을 변화시키는 힘을 가진 꽃향유의 꽃말처럼 모두가 자연을 사랑할 때 자연의 아름다움은 영원히 우리 곁에 머물 것이다.

자연의 언어

고향은 늘 마음의 안식처이다.

오랜만에 고향 포구에서 맡아보는 바다냄새는 엄마 품에 안기듯 포근하다. 출렁이는 물결 사이로 해녀들의 숨비소리가 정겹다. 어렸을 적 내 고향 시골바다가 왜 그리도 넓고 크게만 보였는지. 저만치 방파제 옆 우뚝 솟아 있던 모난 바위가 숱한 세월에 억센 파도에 부딪혀 아픈 상처들만이 흔적으로 남아 오랜 세월이 흘렀음을 증명하고 있다.

한동안, 멍하니 바다를 바라보고 있으려니 어릴 적 사진첩을 꺼내 보듯 아련한 추억들이 마음에 차곡차곡 쌓여 있어 하나둘 인화하지 못한 필름처럼 뇌리를 스쳐 간다.

철없던 어린 시절 동네친구들과 여름이면 팬티 하나 달랑 걸치고 개구리 수영하던 일, 어쩌다 썰물이 되어 일진이 좋은 날은 고동과 파래에 이어 덤으로 건져 올리는 문어야말로 횡

재란 말로 표현할 수 없는 행운이었다.

겨울 또한 우리에겐 살을 에는 추위에도 아랑곳없이 시린 손 호호 불며 냇가에서 빈 통조림 깡통에 삶아 먹던 보말 맛은 잊을 수 없는 고향의 맛이다.

여름이면 고향 앞바다엔 멸치어장이 형성되어 배들이 몰려든다.

'멸치잡이' 하면 우리에겐 잊을 수 없는 특별한 재미로 추억의 날개를 편다.

한여름 돌고래 떼에게 쫓기던 멸치 떼가 해안가 뭍으로 밀려들게 되고 미리 쌓아 놓은 원담 안에 갇혔다가 썰물이 되면 바다로 나갈 수 없어 꼼짝없이 사람들에게 잡힌다.

"멜이여, 멜!"

누군가가 외치는 소리에 사람들은 바구니와 포대를 들고 바다로 내달린다.

바닷가엔 때아닌 시장바닥처럼 와자지껄 소란을 떤다. 어린 아이 어른 할 것 없이 한 소쿠리씩 멸치를 건져 올린다. 어른들은 마른멸치를 만들어서 팔려고 큰 가마를 앉혀 삶아내고 아이들은 입이 새까맣도록 멸치구이를 즐겼었다.

사계절 산과 바다는 우리에겐 더할 수 없는 놀이터였고, 먹을 것들을 제공해주는 풍성한 추억의 산실이었다. 어느덧 시간이 흘러 어린 시절을 떠올리며 이제는 그리움에 젖어 회상한다. 그래도 내 마음은 산과 바다와의 교감이랄까, 자연과 하나가 되었던, 그렇게 살았던 몸의 기억으로 지금도 즐거운 명함으로 천장에 시선을 줄 때가 있다.

내게 고향의 산과 바다란 다정한 친구이자, 그리움이자, 사랑이 아닌가.

자연은 바라보는 것만으로도 말 없는 스승으로 내게 온다.

그리고 자연으로 사는 법을 가르쳐준다.

파도가 차르르– 차르르– 자꾸 알작지를 쓸어내린다.

자유를 꿈꾸며

　문학기행의 일환으로 추자도 탐방에 나섰다. 부두에 도착하니 많은 회원들이 도착해 있었다. 날씨마저 화창하게 우리를 반겨주었다. 모두가 즐거운 듯 싱글벙글이다. 출항의 뱃고동 소리가 물 위에 미끄러지면서 뱃멀미가 밀려오는 것이었다. 옆자리에 함께 타고 있던 선생님께선 뱃멀미를 잊게 하려고 연신 말을 걸어오지만 성의에 답하기엔 속이 울렁거려서 정신을 모을 수가 없었다. 눈을 붙이면 나아질까 하여 눈을 감고 잠을 청해 보지만 여의치가 않다.

　배 안에는 모처럼의 휴가를 즐기려는 가족 단위의 관광객들, 추자도의 굴비 축제에 참여하려는 단체들, 여러 부류의 사람들로 득시글거렸지만 나만 눈을 질끈 감고 누워 있었다.

　어쩌다가 가까운 섬을 오갈 때에는 그렇지 않았는데 이렇게 심한 뱃멀미로 고생하리라곤 생각지도 못했다. 넘실거리는 은빛 바다와 파도 위를 유유자적 유영하는 갈매기 떼의 비상과 타이타닉호의 로즈처럼 뱃머리에 팔을 벌리고 서서 해풍에 긴 머리를 날리는 멋진 포즈를 연상하기도 하면서 즐거운 여행을 꿈꿨는데 이렇게 지리멸렬하다니…….

주변에 나이 드신 분들은 아무렇지도 않은 듯이 즐겁게 대화를 나누며 소주잔을 기울이고 있었다. 그래, 이깟 멀미쯤이야. 속으로 끝없이 중얼거리면서 나와의 싸움을 하였지만 그만 참을 수 없어 부랴부랴 화장실로 달려갔다. 화장실엔 이미 뱃멀미로 힘들어 하는 사람들이 나 말고도 여럿이 있었다.

뱃멀미가 이렇게 고통스러울 줄이야. 전신이 맥이 풀리면서 얼굴은 식은땀으로 범벅이 되고 큰 너울로 배는 요동치고 나는 만신창이가 되어 털썩 주저앉고 말았다. 그렇게 한참을 속앓이를 치른 후에야 겨우 정신을 가다듬을 수 있었다. 제주항에서 추자까지 한 시간 남짓한 시간이 하루만 같았다. 어디쯤와 있는지 가늠할 수조차 없다. 책을 읽으면 멀미가 사라질까. 불과 30분 전만 해도 여러 선생님들과의 동행에 설레며 행복해하던 나였는데 이렇게 맥없이 나자빠진 꼴이라니. 이럴 줄 알았더라면 처음부터 나서지나 말걸. 뱃멀미로 인한 고통보다 더 참을 수 없는 것은 여러 선생들 앞에서의 부끄러움이었다.

뱃고동 소리가 길게 울리더니 선내 방송이 목적지에 도착을 안내한다. 누구를 그토록 애타게 기다려 봤을까. 얼른 챙기고 맨 먼저 내렸다. 때마침 굴비 축제라 섬은 온통 축제 분위기로 붕붕 뜨고 인산인해를 이룬 사람들로 발 디딜 틈 없다.

뱃멀미 때문인지 사람들의 모습들이 그림자의 움직임처럼 소리 없이 흔들리고 있다.

우리 일행은 마을버스를 타고 섬 관람에 나섰다. 사면이 바다인 섬이라 발길 닿는 곳마다 강태공들이 낚시들을 즐기고 있다. 이곳 섬의 지리를 꿰뚫고 있는 선생님의 안내로 곳곳의 명소는 물론 저마다 섬들에 얽혀 있는 전설과 사연들을 재치 있는 입담으로 풀어내었다.

추자도 관광의 하이라이트는 이어지는 높고 낮은 산등성이를 따라 한 바퀴 도는 코스다.

오름 정상에서 바라보는 파란 바다에 떠 있는 추자도는 이국적인 느낌을 자아내고 있었다. 때마침 화창한 날씨여서 섬 사이로 보이는 포구와 오가는 배들이 느린 화면으로 평화로웠다.

1박 2일의 일정으로 떠난 여행은 나름대로 즐거운 시간이었다.

떠나올 때와는 다르게 배는 잔잔한 바다 위를 미끄러지고 있었다.

바닷바람이 기분 좋게 불어오고 무엇에 끌리듯 갑판으로 나섰다. 뭔가에 짓눌렸던 가슴이 시원히 뚫리는 것 같다. 날마다 반복되는 일상에서 얼마나 일탈을 꿈꾸었던가.

나를 속박하는 사람은 아무도 없지만, 그래도 늘 시멘트 벽으로 된 작은 방에서 숨을 헐떡이고 있었다. 나는 내 자신에게 갇혀 있었던 것이다.

불빛 하나 없는 밤바다에서 바라보는 별들은 유난히 청량하게 반짝이고 있었다.

북두칠성을 찾았다. 그리고 끝자리에 북극성이 길을 안내하고 있었다.

나의 걸어온 길과 걸어갈 길을 생각하였다. 자유란 주어지는 것이 아니고 내 안에 내장되어 있다고 별들이 속삭이고 있었다. 한라산이 실루엣으로 다가오면서 산지항의 불빛들이 은하수처럼 흐르고 있었다.

한라에서 백두까지

통일을 위한 신념 하나로 모인 우리들. 생각과 이념이 같은 사람들이 모여서일까, 모두 밝은 표정들이다. 좋은 사람들과의 여행은 행복도 두 배가 된다는데….

'평통'에서 주관하는 제주여성 리더십 교육 과정을 이수한 자에게 주어진 1박 2일간의 통일안보 연수차 판문점 견학을 다녀오게 되었다.

담당직원으로부터 좌석표를 배정받고 기내에서 함께 자리한 자문위원님과의 첫 대면은 기대되는 여행이 될 것 같은 좋은 예감이다. 내공이 깃든 삶에 대한 그의 철학은 비록 짧은 시간이었지만 충분히 경청할 만하였다. 한 시간 남짓하여 김포공항에 도착하여 맨 먼저 찾은 곳은 밤바다가 유난히 아름답다는 국내 최장의 길이를 자랑하는 인천대교이다. 인천국제공항과 인천 송도 국제도시를 연결하는 교량으로 우리나라에서는 가장 크고 긴 곳이기도 하다. 인천대교를 거쳐 배를 타고 월미도 인근을 유영하듯 천천히 유람했다. 푸른 바다와 맑은 하늘이 어우러져 가을하늘은 더욱 청아하고 아름다웠다. 뱃길을 가로지르며 하늘을 유유히 날아다니는 갈매기 떼들이 인상적이다. 무리 지어 날아다니는 갈매기들도 사람들에게 익숙한지 가까이서 놀고 있는 모습이 신기하였다.

사람은 누구나 추억이 담긴 고향과 어린 시절을 그리워하기 마련인가 보다. 가난했던 60년대의 삶의 편린들을 그대로 재현해 놓은 달동네 박물관을 찾았다. 도란도란 작은방 아랫목에 온 가족이 둘러앉아 TV를 시청하는 모습은 잊고 살았던 옛 추억을 불러일으킨다.

모든 게 부족하고 어려웠지만 소박하고 행복했던 시절이었다. 그래도 이웃과 함께 정을 나누며 가난을 나누며 살았기에 행복했던 시절이다.

모처럼 옛날의 아련했던 추억을 뒤로하고 여유로운 식사시간이 찾아왔다. 금강산도 식후경이라고 뭐니 뭐니 해도 여행의 진미는 미식을 향해 떠나는 것이다. 동화 속 나라에 온 듯 포근한 분위기에 정갈한 음식이 차려졌다. 음식 맛도 일품이지만 주인아저씨의 특별 서비스인 와인 한 잔은 순식간에 우리의 마음을 사로잡았다. 기회가 되면 다시 찾고 싶을 만큼 서비스가 일품이다.

다음 날 공식일정인 판문점을 견학하기로 했다. 일찍 서둘러 버스를 이용해 도라산역에 도착하였다. 경의선의 남한의 마지막 역이며 북으로 가는 첫 번째 역이다. 도라산역에서 개성까지는 17킬로밖에 안 되는 아주 가까운 거리였다. 판문점을 견학하려면 남북출입사무소에서 출입허가증이며 방문자 서약서 등 지켜야 할 규칙에 대해 자세한 설명을 듣고 입장하는 게 순서였다. 그곳에서 우리는 다른 버스를 갈아타고 이동했다.

군사분계선을 가로지르는 돌아오지 않는 다리는 남과 북의 분단된 현실을 말해주고 있으며 바로 옆 도끼 만행 현장엔 그 당시 미루나무가 서 있던 둘레만큼 원을 그려 놓고 비석과 함께 당시의 흔적들을 보존하고 있었다. 영화 공동경비구역의 모티브였던 판문점은 남북의 군사분계점을 기준으로 남북으로 25킬로 펼쳐진 DMZ 비무장지대 내에 있다. 아직은 남과 북이 휴전 중이라 경계가 살벌하고 긴장감이 흐르는 곳이었다.

이곳은 JSA 영화에서도 보듯 남과 북이 공동으로 경비하는 휴전선 부근 지역이라 민간인 통제구역으로 우리 일행은 헌병대의 안내를 받으며 조심스럽게 지시에 따라 움직였다.

판문점 안으로 들어서려는 순간 그리 멀지 않은 곳에 북한군인이 삼삼오오 무리 지어 우리를 지켜보며 서 있고 그 옆에

군인 한 명은 망원경으로 우리를 살펴보고 있었다. 순간 섬뜩함과 함께 남과 북의 분단된 현실이 피부로 다가왔다.

지척에 형제자매를 두고 만날 수도 볼 수도 없는 현실. 전 세계 어디를 둘러보아도 우리처럼 남과 북이 분단된 나라는 하늘 아래 그 어디에도 없다.

얼마나 안타까운 현실인가. 휴전선은 아직도 끝나지 않은 6·25의 현실로 남아 있고, 백문이 불여일견이라 잊고 살았던 우리의 현실을 직접 보고는 모골이 송연해지고 비탄이 엉켜들었다.

1박 2일의 짧은 일정이었지만 많은 것을 보고 몸으로 느꼈던 귀중한 시간이었다.

깨어 있어야 한다. 5천만 국민 한 사람 한 사람이 우리의 현실을 직시하여야 한다. 그래야 한라에서 백두까지 민족의 웅지를 굳게 세울 것이다.

스트레스 후유증

건강에 적신호가 생겼다. 귀에선 연일 윙윙 하며 매미 소리가 들리는가 하면 샤~아 하는 파도 소리까지 정신을 흔든다.

병원엘 갔지만 특별한 병은 아니라고 한다. 자꾸만 신경이 거슬린다. 생전 들어본 적도 없는 스트레스의 합병증인 메니에르 병이란다. 별다른 치료방법은 없고 그냥 마음을 비워서 안정을 취하라는 말밖에는 다른 방법이 없는 모양이다.

부모님께선 걱정이 되는지 연신 전화통이 불이 난다. 몸이 안 좋다 보니 간섭하는 자체가 짜증의 연속이다. 서울에 있는 큰 병원에서 진단 받자며 가족들은 아우성이다.

하물며 무속인까지 데리고 와서 굿판을 벌여 놓는다.

선무당이 사람 잡는다고 저마다 할 말들은 다 있는 모양이다.

무속인은 손목의 맥박을 짚어 보고는 큰 굿을 해야 한다며,

'조상 중에~'부터 시작해서 이탓저탓 그칠 줄을 모른다.

어지럼증까지 동반해서인지 생활은 점점 무기력한 상태에 빠져든다.

아파도 싸지! 제 몸 하나 돌보지 않고 웬 영화를 누리겠다고….

일이 고된 것보다 모든 일을 참아 내느라 속앓이 후에 찾아오는 후탈이랄까.

이정도 쯤이야? 더한 것도 참아 냈는데….

전화벨이 울려댄다. 통화를 하고 싶지만 전화선을 타고 들려오는 목소리는 여러 갈래로 울려 퍼져 전달이 되지 않는다.

답답하다.

병원에서 받아온 약을 한 첩 먹었다. 온종일 약 기운에 빠져 몸은 마치 물에 젖은 솜처럼 무겁고 몽롱하다. 컨디션이 안 좋으니까 마음까지 전이되어 몸이 영 말이 아니다.

평정을 찾고 싶다. 순간 기분에 따라 감정이 좌우되는 것이라 어떤 날은 내리깔리는 어둠처럼 어두운 생각들이 사정없이 나를 짓누르는가 하면 또 어떤 날은 날개 없이도 밝은 생각들로 한참 붕- 뜨는 마음을 붙잡아 매느라 감정을 주체하지 못하는 날들. 감정조절을 잘해야 내면이 단단한 인간으로 거듭날 수 있을 것이다.

이불을 깔고 누울까 하다 기분이라도 전환하고 싶어 길을 나섰다. 해질녘 거리는 하루를 마무리하는 시간이라 온통 분주한 모습들이다.

쇼윈도에 마네킹조차도 미련한 나를 비웃는 듯하다. 오고 가며 마주치는 사람들의 가벼운 눈웃음조차도 표정 없이 일그러진 내 모습에 짜증이 난다.

조금 걷다가 현기증이 생겨 그냥 돌아섰다.

몸이 쇠약하다 보니 마음까지 위축된 걸까, 사춘기 소녀처럼 이유 없이 울고 싶었다.

내게도 울었던 기억이 있을까? 마음으론 수없이 울었지만 어느 누구에게도 약한 모습을 보이고 싶지 않았기에….

문득 엄마의 목소리가 듣고 싶었다. 언제나 강한 모습이 나의 표본이라 이런 연약한 모습을 보이면 걱정하실 것 같아 체념하고 집으로 돌아왔다.

몸 상태가 안 좋고 나서야 건강의 중요성을 알 것 같다. 원래가 강인한 체질이라 잔병치레조차 없던 터라 건강에 대해선 너무도 안일하고 무지했다는 각성이 든다.

잠을 푹 자고 나면 나아지겠지. 얼른 훌훌 털고 일어나야지. 해야 할 일들이 산더미처럼 나를 기다리는데….

문틈 사이로 고소한 향이 코끝을 자극한다.

어디서 구했는지 남편은 비싼 혈액순환제와 함께 전복죽을 쓰~윽 내민다.

축 늘어진 내 기분을 아는지 남편이 코맹맹이 소리로 한다는 말이 "당신은 우리 집 기둥이야, 쓰러지면 안 돼. 웅 이거 먹고 힘내!"

장난스레 던지는 말 한마디에 윙윙거리던 내 귀는 금방이라도 펑 뚫릴 것만 같다.

표현의 향기

리더의 조건은 스피치에 있다. 말을 잘하고 글을 잘 쓰는 사람은 부러움의 대상이다.

언어의 연금술로 어떠한 장소나 상황에 관계없이 능숙하게 분위기를 이끌어가는 사람을 보면 감탄을 금하지 못한다.

어떤 단체나 모임에서 빼놓을 수 없는 것이 덕담 또는 건배제의다. 그나마 멋있게 후회 없이 말을 잘하면 좋으련만 그러지 못해 입속으로만 중얼거리다 앉게 되면 왜 그렇게 뒷머리가 쑥스러운지. 미리 마음으로 준비하였는데 정작 일어서면 도로 아미타불이다. 머리로는 다 될 것 같았는데 상황에 직면하면 머릿속이 하얗게 비어서 말을 해놓고도 무슨 말을 하였는지 모를 때가 있다.

말을 잘하는 것도 타고난 재능이다. 아들은 평소엔 활달한 성격인데 면접관 앞에만 서면 사시나무처럼 떨린다고 한다. 면접관이 오히려 떨고 있는 아들을 진정시키려고 했을 정도였다며 우스개 섞인 말로 스피치 학원을 다니겠다고 한다. 이론적으로 최고점을 받고도 언어전달의 두려움으로 상실감이 컸다면 학원을 다녀서라도 극복하는 게 좋을 성싶다.

말을 잘하면 어디서든 환영받는다. 같은 언어라도 맛깔스럽게 하는 사람이 있는가 하면 말을 잘못하여 망신스러운 경우도 있다. 음성, 억양에도 감각이 있다. 목소리만으로도 그 사람의 성격을 어느 정도는 파악할 수가 있다.

최근에 모 방송사로부터 지정된 프로를 본 후 시청자 입장에서 모니터링을 하는 일에 위촉되어 스피치에 관하여 많은 생각을 하게 된다. 각 분야의 전문가들의 모인 집단이라 자기만의 방식으로 설파하는 것을 보면 말에도 맛과 멋이 느껴진다. 한마디로 부러움의 대상이다.

평소에 잘 알고 있는 단어조차도 카메라 앞에만 서면 생각이 나지 않고 평소에 당당하던 모습은 온데간데없고 새가슴이 되어 벌벌거린다. 한 달에 한 번씩 그렇게 긴장을 하면서도 나의 의견을 피력하면서 그때마다 많은 것을 배운다.

글을 쓴다는 건 내 삶의 기록이다. 수필가로 등단한 지 꽤 되었지만 내놓은 수필을 보면 부끄럽기만 하다. 나름대로는 완성된 작품으로 발표하지만 쑥스럽기는 마찬가지다. 어느 동인지에 실린 작품을 보고 충격적이었다. 작품을 읽는 순간 얼굴이 뜨거웠다. 실력이 부족한 탓도 있지만 교정보기 전의 초안 작품이 그대로 실려 있었다. 이미 동인지는 출간된 상태이고 엉망인 글을 보며 어찌해야 할지 난감했던 기억이 있다.

글을 쓰는 작가들은 안다. 독자들은 한번 읽으면 그만이지만 글을 쓰는 작가들은 필요한 그 한 단어를 찾기 위해 얼마나 많은 시간을 머리를 싸매는지 모른다. 어느 원로 작가는 몇 권의 책을 펴냈어도 마음에 드는 문장은 겨우 한두 편에 불과하다며 그 하나의 단어를 찾기 위해 숱한 날을 고뇌한다는 것이다.

글을 쓰는 일은 많은 인내와 시간을 요구한다. 두둑한 원고료를 받는 것도 아니고 누가 대단하게 알아주는 것도 아니다. 하지만 오늘도 습관처럼 어김없이 컴퓨터 자판을 두드리는 나를 본다. 글을 쓰는 이유에 대하여 수없이 고민하고 갈등한다. 한국문단을 대표하는 여류 소설가이신 故 박경리 선생님은 쓰지 않고서는 못 견딜 것 같은 절박함으로 글을 쓴다고 하였다. 무엇이 그토록 절박하게 하였는지는 알 수 없다. 하지만 글은 쓸수록 위안을 준다. 내면의 고통의 근원을 발산하는 과정에서 구한 인생의 발견인 것이다.

그렇지만 결론은 쓸수록 어렵다는 것이다.

인생은 태어남과 동시에 끊임없는 배움의 연속이며 빈손을 보여주는 과정이다. 이왕 빈손이 되는 길에 더불어 살았다는 나의 족적이 양심적이었음을 고백한 말과 글이야말로 인간본성을 지킨 내면의 욕구가 아닌가 싶다.

5부
삼뫼소의 교향곡

마음은 새처럼 가벼이 하늘을 날아가고,
더 이상 슬프지 않는데
왜 알 수 없는 눈물이 얼굴을 타고 내리는 걸까.

가을 속으로

오랜만에 겨울을 재촉하는 비가 내린다.

비를 따라 무작정 탈출하고 싶은 충동을 느꼈다. 조금은 화려한 우산을 받쳐 들고 차에 시동을 걸었다. 가끔은 복잡한 일상을 잠시 접어두고 최대한 나의 시간을 즐겨 보는 것도 좋을 듯싶다.

차는 시내를 벗어나 시야가 확 트인 시골길을 달린다.

누구에게도 방해받지 않는 시간, 귀에 익은 음악이 스피커를 타고 흘러나온다.

아주 오래전에 들었던 노르웨이 가수인 야니의 음악 "felitsa"의 감미로운 멜로디가 잔잔하게 스며든다. 내 안의 잠자고 있던 세포들이 하나둘씩 숨결 따라 되살아난다.

정적을 깨고 휴대폰이 울린다. 짜증이 난다. 지금 이 순간만큼은 누구와도 아닌 오직 나와의 만남의 시간을 갖고 싶었는데…….

비는 꽤나 세차게 뿌려댄다. 와이퍼도 신나게 춤을 춘다.

거리에는 형형색색 우산들이 강물처럼 흐르고, 빗속을 걷는 사람들.

지금 무슨 생각들을 하고 있을까?

비가 내리는 날 청승맞게 드라이브라니?

내 안의 찌꺼기들이 앙금들처럼 우르르 일어나서 온통 머릿속이 부옇다.

외부로 향해 있는 모든 감각들을 안으로 돌려 마음이 원하는 소리를 듣고 싶다.

자꾸만 퍼내도 자꾸만 채워지는 삶의 양은 줄어들지 않고 잠시나마 안식을 취하면서 내 마음을 살찌게 할 겨를이 없다. 허공처럼 텅 빈 듯 가슴에 허기가 밀려온다.

잠시도 한눈팔 새 없이 파도처럼 자신을 몰아붙이던 열정의 의미를 후회 없이 "그래, 나였어!" 하고 껴안을 수 있을까?

수많은 질문들을 퍼부어 보지만 아무도 답을 말해주는 사람은 없고 안개 속에 미로 같은 꼭 집어낼 수 없는 그 무엇이 아쉬움인 듯 맴돌기만 한다.

가을비가 계절을 음미하듯 조용히 내린다.

'살아간다는 것은 외로움을 견디는 일'이라고 정호승 시인이 말했지.

나무들이 한 잎 두 잎 옷을 벗고 있다. 나목으로 겨울 앞에 서는 것은 혹독한 시련을 견디려는 것. 너무 많은 것을 가지고서는 멀리 갈 수가 없다. 멀리 가기 위해서 버려야 한다.

그래서 봄을 준비하여야 한다. 외로움의 농도가 깊을수록 삶의 깊이도 짙어지겠지.

비는 주룩주룩 내리고, 사람들은 밀물처럼 흐르고, 나는 무인도처럼 혼자서 가을 속을 걸어가고 있다.

버림의 미학을 음미하면서…….

동심초 여행

가을이 한창 무르익을 무렵, 바쁜 일상을 잠시 접어두고 '동심초' 회원들과 안보 답사를 다녀왔다. '동심초'는 모두가 하나 되어 통일조국을 위한 기초가 되자는 뜻을 가진 사람들로 구성된 여성 단체의 명칭이다.

입동이 코앞인데 날씨는 따뜻하고 포근하게 우리의 여행을 반겨주는 듯하였다. 2박 3일간의 여정으로 부산 김해공항을 거쳐 처음 찾은 곳이 통영의 벽화마을이다. 버스에서 내리자 도로 옆 광장에선 굿판이 벌어지고 있다. 때마침 지역 축제로 이순신 장군 승전기념 위령대제가 개최되는 날이었다. 태어나서 이런 굿판은 처음이었다. 거대한 거북선 모형의 배가 바다에 둥둥 떠 있고 단상 위엔 제를 지내기 위해 즐비하게 음식이며 과일들이 차려져 있었다. 큰무당인 듯 보이는 사람이 철갑을 두른 복장으로 이순신 장군의 모습으로 쩌렁쩌렁한 목소리로 입담을 하며 신명 나게 춤을 추었다. 이보다 더한 구경이 있을까. 시간이 없어 아쉬움을 뒤로한 채 일행은 '동쪽 벼랑'이라는 뜻을 가진 통영의 명물 벽화마을을 돌아보았다. 특별할 것 없는 어촌이었지만 마을 주민들의 힘으로 관광명승지로 바꾸어 놓았다. 벽화의 그림과 시를 감상하며 연결되는 계단을 따라 정상에 올라서니 통영시가 한눈에 들어왔다. 삼면의 바다 위에 어촌 전경이 아기자기하였다. 눈에 아주 익숙한 단어가 떡하니 걸려 있어 흥미롭다. 몽마르뜨 언덕이 아닌 목마르다 언덕이 인상적이다. 관심이 없으면 그냥 버려지는 것들도 사람의 눈과 손을 따라 훌륭한 자원으로 탄생하는 것이었다.

다음으로 찾은 곳은 한려수도의 통영 미륵산 케이블카다. 산맥과 산맥이 연결되는 지점엔 상록수가 울창하다. 줄 이은 능선들이 모두 깊은 협곡을 이루고 있었다. 단풍이 절정이었다.

미륵산 케이블카를 타고 나서 한국전쟁의 역사의 현장인 거제 포로수용소 유적공원에 도착하였다. 이념의 대립으로 동족간의 피비린내 나는 6·25의 증언. 아직도 민족분단의 비극은 끝나지 않고 잠시 쉬고 있다고는 하지만 전쟁의 연속선상에서 우리에게 절실한 분단의 극복 과정과 평화의 가치를 깨닫게 하는 전시관이었다. 1950년 6·25 전쟁 당시 연합군에게 잡힌 포로를 수용하기 위해 거제도 고현 수월지구에 포로

수용소가 설치되었다. 인민군 포로 약 17만 3천 명의 포로를 수용하였는데 그중 여자 포로만도 300명이나 되었다고 한다. 이 거제도 포로수용소는 반공포로와 공산포로간의 유혈사태가 자주 발생하였고 1952년 5월 7일에는 수용소 사령관 돗드 준장이 공산포로에게 납치되는 등 냉전시대 이념 갈등의 축소현장과 같은 곳이었다. 한국정부의 일방적인 반공포로 석방은 세계를 놀라게 하였다. 밀고 당기는 실랑이 끝에 휴전협정은 조인되었으나 전쟁은 끝나지 않고 비극은 현재 진행 중이다. 155마일 휴전선에는 기름칠 잘한 총들이 서로를 겨누고 있다고 생각하니 호기심 가득한 마음으로 들어섰지만 돌아서 나오는 발걸음은 무겁기만 하였다.

지금은 경상남도 지역 문화재로 보호되고 있으며 그 당시의 포로들의 생활상, 막사 사진, 의복 등 생생한 자료와 기록물들을 바탕으로 거제도 포로수용소는 한국 전쟁의 산 교육장으로 활용되고 있다.

거제의 또 다른 명소로는 동화 속의 나라를 연상하게 하는 아름다운 섬 외도가 있다. 개인이 섬을 사들여 아름다운 식물원으로 가꾸어 놓은 외도 보타니아를 찾을 예정이었으나 마침 풍랑주의보로 아쉽게 발길을 돌려야 했다. 대신 꽃과 문화와 사람이 어우러진 꽃 축제장을 찾았다. 수많은 종류의 꽃들과 다양한 모습의 분재들을 볼 수 있었다. 유명 가수와 사진도 찍고 즐거운 시간을 만끽했다. 다음으로 찾은 곳은 태종대를 거쳐 우리나라 3대 관음성지인 해동 용궁사에 들렀다. 용궁사는 바닷가 근처에 자리하고 있어 시원한 풍광과 함께 뛰어난 해안 절경을 감상할 수 있다. 사찰 입구엔 용궁사의 풍광을 노래한 춘원 이광수 시인의 시비가 서 있고, "청산은 나를 보고 말 없이 살라 하고 창공은 나를 보고 티 없이 살라 하네"라고 노래한 나옹화상의 시 구절은 잠시나마 나를 돌아보게 한다.

어디를 가든 끼가 넘치는 사람이 있기 마련이다. 버스 안에서의 현란한 음악과 함께 디스코는 물론 유머와 재치로 흥을 돋는다. 모두가 하나 되어 이렇게 신이 날 줄이야. 그렇게 하루는 저물고 해운대에 위치한 숙소로 향했다. 모처럼의 밤을 그냥 보내기 아쉬워 밖으로 나왔다. 부산의 밤거리는 참으로 아름다웠다. 즐비한 고층 아파트와 광안대교의 현란한 야경은 황홀함의 극치다. 해운대 해수욕장 한쪽에 위치한 동백섬 내의 건물은 2005년 G7 정상회담을 가졌던 누리마루이다. 겨울이면 동백꽃이 흐드러지게 피어 아름답다는 동백섬에서 차를 마시며 찬란한 야경을 음미하였다.

여행을 한다는 것은 반복되는 일상에서 벗어나 함께 동행하는 사람들과의 의미 있는 만남의 시간을 갖고 싶어서일 것이다. 연륜의 향기가 배어 있는 멋있는 선배님들과의 여운은 오래도록 잊히지 않을 것이다.

마닐라 그곳을 가다

어디론가 훌쩍 떠나고 싶을 때가 있다. 하지만 여러 사정으로 밖으로 나서려는 욕망을 안으로 잠재우길 수없이 반복하다 모처럼의 기회에 그렇게 기대하던 해외여행길에 오르게 되었다. 여행도 다녀본 사람만이 진가를 안다고 했던가. 그리 많은 곳을 다니지 못했지만 기회가 되면 세계 구석구석을 여행하며 살고 싶다는 작은 욕망들이 내 안에서 살며시 꿈틀거리기 시작하였다.

3박 5일의 일정으로 필리핀 마닐라행 비행기에 몸을 실었다. 부산을 경유해 서너 시간 지났을 무렵 마닐라 공항에 도착하니 현지 가이드인 서울 청년이 마중 나와 우리 일행들을 반갑게 맞아 주었다. 공항을 벗어나 숙소로 향하는데 한밤의 도시는 고요하고 적막하다. 필리핀이란 나라는 수세기에 걸쳐 스페인의 지배를 받고 반세기 동안은 미국의 통치하에 있었다. 천연 금광석과 산호초와 에메랄드빛 바다가 아름다운 섬이다.

여행 첫날 우리 일행은 아침 일찍 첫 코스인 푸닝 온천으로 향하였다. 도로 양옆에는 열대지방에 온 것을 증명이라도 하듯 가꾸지 않은 자연 그대로인 야자수며 바나나 나무들이 제멋대로 자라 정리되지 않은 채 우후죽순 늘어서 있다.

차창 너머로 보이는 도시의 풍경은 우리의 6~70년대 수준을 보는 것 같다. 도시 전체가 낙후된 데다 열대지방의 새까만 피부의 아이들이 우리가 멀리 날아와 있음을 실감나게 하였다. 카톨릭 국가여서 낙태가 법으로 금지되어 있어서인지 가는 곳마다 아이들이 몰려다녔다.

검은색 물소인 까라바오 동물들과 원주민들은 곳곳에 흘러내리는 물줄기를 따라 어우러져 있고, 한가롭게 빨래하며 수영하는 모습은 보기 드문 평화로운 풍경이다.

이튿날 숙소에서 두어 시간여 차를 타고 이동한 곳이 자연 그대로의 모습을 간직한 유황온천 지대이다. 온천으로 들어서려면 사륜구동 지프차를 타고 40여 분 가야 한다. 용암이 흘러내린 기암절벽 사이로 석회물이 바닥을 이룬 강가를 역류하여 지프차는 제멋대로 달린다. 석회물로 온몸이 범벅이 된 채 꾸불꾸불 절벽 사이를 무작정 달리는데 여행이라기보다는 오지 체험이라는 표현이 더 적절할 것이다. 화산이 폭발할 당시의 흔적들이 그대로 보존되어 있어서 자연 그대로의 관광자원을 가지고 있다는 게 인상적이다. 드디어 목적지인 온천에 도착하니 기대보다는 약간의 실망감이 더했다. 목적지에 닿기 전 여행의 진가를 미리 다 맛보아서일까. 허탈한 심정으로 사방이 훤히 트인 노천탕에서의 아름다운 추억을 뒤로한 채 하루를 마무리했다. 마지막 코스는 이곳 필리핀을 여행한 사람이라면 꼭 거쳐야 할 만큼 유명한 곳인 팍상한 폭포이다. 유엔에서 지정한 세계 절경 중의 한 곳인 폭포수까지는 한 시간여를 달려야 했다. 주변의 아름다운 경관을 감상하며 곡예하듯 아슬아슬 강을 따라 올라가면 거대한 폭포수가 기다리고 있었다. 뗏목을 이용하여 현지인과 2인 1조가 되어 직접 노를 저으며 상류까지 거슬러 올라가는 코스다. 직업이라고는 하지만 38도가 넘는 불볕더위에 땀을 뻘뻘 흘리는 현지인을 보면서 한가롭게 앉아서 유람하기는 슬쩍 미안하기도 했다. 드디어 폭포에 이르니 거대한 물줄기에 저절로 탄사가 나왔다. 자연의 경이로움에 연달아 입을 다물 수가 없었다. 거대한 폭포수 사이를 뗏목을 타고 곡예하듯 온몸으로 체험을 즐기는 순간이다. 어른 아이 할 것 없이 동심으로 돌아가 서로를 바라보며 박장대소가 이어진다. 몸 안에 쌓인 노폐물들이 한꺼번에 사라지는 듯하였다. 여행의 하이라이트 코스로 폭포수의 감동은 색다른 체험이었다.

현지 주민들은 어른 아이 할 것 없이 한국인들의 뒤를 따라다녀서 약간은 심기가 불편하였다. 관광객들이 별 생각 없이 던져주는 푼돈이 그들에겐 하루의 벌이가 되었다. 관광객들만 보면 어떤 아이들은 짓궂게 쫓아오면서 애원할 때 귀찮기도 하고 한편으론 불쌍한 마음이었다.

내가 어렸을 때 신작로에 먼지를 날리며 달리는 지프차 뒤를 아이들이 쫓아가면서 구걸하던 일이 떠오른다. 미군들이 던져주는 초콜릿이며 사탕이며 건빵들을 다투어 가며 줍고는 하였다. 돌이켜보면 씁쓸한 기억이지만 우리에게도 그렇게 배가 고팠던 시절이 있었다.

그러나 이곳 아이들의 눈동자는 해맑고 어둡지 않았다. 저희들끼리 떠들며 헤헤거리는 모습이 천진난만하였다.

가난한 나라일수록 행복지수가 높다는 보고가 있다. 그들에겐 그다지 욕심이 많지 않아서일까. 저들보다 우리는 얼마나 많은 것을 누리며 살고 있는가? 진정 우리는 행복하게 살고 있는 것일까. 생각할수록 머리가 아파왔다.

삼뫼소의 교향곡

무력감에 빠져드는 오후, 일탈의 자유를 위하여 무작정 핸들을 잡았다.

천근만근 피로를 질질 끌면서 누군가 손짓하는 듯 산업도로를 들어섰다. 저만치 금악오름이 시커먼 실루엣으로 다가올 때쯤, '아, 삼뫼소가 이 근처에 있지.' 친구의 얼굴처럼 떠올랐다. 예전에 언니와 자주 찾던 곳이다.

혼자서는 약간은 적막하고 음산한 곳이지만 산속에 조그마한 호수가 있고 성모상도 있어 신비감이 감도는 곳이다. 혹여 머리가 뜨거워질 때면 조용히 걸으면서 자신을 돌아다보며 생각을 정리하기에 적당한 곳이기도 하다.

아, 그때 온 세상이 즐거움으로 가득 찬 듯 슬픔을 모르던 시절이 있었지.

그렇구나, 아까 집을 뛰쳐나올 때 누군가 손짓하는 듯이 느꼈는데, 그게 지금은 잃어버린 시절 행복했던 순간들이었나 보다.

언니와 같이 와서 많은 얘기를 나누던 곳, 추억이 깃든 삼뫼소.

다정한 친구를 기다리고 있었다는 듯 삼뫼소는 나를 반겼다.

맑고 청정한 바람은 나의 온몸을 감싸며 신성하고 깨끗한 공기는 헝클어진 마음의 매듭을 시원스레 풀어준다.

하늘과 맞닿은 호수에는 엷은 안개가 감미로운 음악처럼 흐르고 있었다.

가슴을 짓누르던 것들은 엷은 안개로 풀렸을까, 민들레 홀씨 되어 허공이 되었을까.

호수는 깊은 상념에서 좀체 깨어날 줄 모른다. 철모르는 잠자리들은 물 위에 작은 동그라미를 그리고, 물장구들은 이따금씩 발걸음을 띄우며 전혀 바쁘지 않다고 한다.

어느새 나는 한 마리 고추잠자리, 통통통 예쁜 돌을 튕기며 물 위에 동그라미를 그리고 있다.

성모 마리아상 앞에서 기도 드렸다.

'더 이상 과거라는 옷을 입고 방황하지 않게 하여 주소서.'

'머릿속에 가득 차 있는 관념의 미로에서 길을 잃지 않게 하

여 주소서.'

마음은 새처럼 가벼이 하늘을 날아가고, 더 이상 슬프지 않는데 왜 알 수 없는 눈물이 얼굴을 타고 내리는 걸까.

사위는 한없이 고요하고, 어디선가 무언의 속삭임인 듯 잔뜩 찌푸렸던 구름 사이로 지는 햇살이 부챗살처럼 호수 위로 쏟아져 내렸다.

돌아오는 길은 콧노래가 절로 났다.

야니의 피아노 연주곡이 가슴에서 콩콩 뛰어다닌다.

생떽쥐베리의 '어린왕자'의 사막 어딘가에 아름다운 샘물이 졸졸 소리 내며 흐른다.

오늘은 참 좋은 하루로 신의 은총으로 내리셨다.

새로운 시작을 위하여

새해를 여는 첫날, 해돋이를 보기 위해 사라봉을 찾았다. 사봉낙조라 하여 영주10경 중의 하나로 노을이 아름다운 비경을 자랑하는 곳이다.

어둠이 채 가시지 않은 새벽녘, 수많은 사람들이 발 디딜 틈 없이 자리를 메웠다. 저마다의 소원을 가슴에 안고 해가 밝아 오기를 기다리며….

칼바람 같은 추위에도 아랑곳없이 바로 옆 절에서 봉사하고 있는 불자들은 이곳을 찾는 사람들을 위하여 따뜻한 차와 커피를 제공하고 있었다. 시린 손 호호 불며 코끝으로 마주한 뜨거운 커피의 향은 새해를 맞이하는 첫날의 아침을 상쾌하게 열어 주고 있다.

집에서 가까워 산책하기 좋은 이곳은 시간이 되면 수시로 운동을 즐기는 곳이다. 나의 삶의 애환이 담긴 곳이라고 할까. 사색하기 좋은 장소로 마음이 무료하거나 생각을 정리할 일이 생기면 언제든지 달려와 오름 줄기를 따라 한 바퀴 돌고 나면 많은 위안을 얻곤 한다.

사라봉 자락의 황홀한 정경에 파묻혀 보지 않고서는 어찌 아름다움을 말할 수 있을까?

앞에는 망망한 바다가 수려한 풍광을 펼쳐놓고 뒤로는 한라산을 배경으로 시내 전경을 한눈으로 볼 수 있다. 일출의 아름다움과 노을의 황홀함은 아름다움의 극치를 이룬다 할 것이다.

제주시민이 즐겨 찾는 휴식 공간, 운동기구가 고루 갖추어져 있고, 드넓게 펼쳐진 풍광 속에서 누구나 쉽게 운동을 할 수 있어 일석삼조의 효과를 누릴 수 있다.

자연을 통하여 사계절을 만날 수 있는 곳, 봄이면 파릇파릇 신선한 생명력에 활력을 얻고 여름은 울창한 녹음을 뽐내며 가을은 서걱대는 갈대의 아름다움에 마음 설레고 겨울은 앙상한 나목으로 계절의 감각을 일깨운다.

해마다 여름이 오면 크고 작은 태풍을 만난다. 바다가 인접해 있어 태풍의 영향을 가장 많이 받는 곳이기도 하다. 지난해도 어김없이 태풍이 찾아왔다. 무서운 태풍은 오름을 한바탕 뒤흔들고 나서야 겨우 지나갔다. 태풍이 할퀴고 간 흔적은 오름 한 귀퉁이를 만신창이로 만들어 놓았다. 그러나 우직 하게도 아무런 불평 없이 제자리에서 흔들림 없는 묵묵함을 보여준다. 이곳의 사계절은 자연을 통하여 관대하면서도 깊은 넉넉함을 선사한다.

가족들과 함께 일출봉으로 해돋이를 갈까 하다가 평소에 자주 다니는 곳이기에 사라봉을 택하였다. 얼마쯤 지났을까, 기다리던 일출이 시작된다. 수평선 너머 붉게 물든 해가 보석처럼 영롱한 빛을 내며 장엄하게 구름을 뚫고 모습을 드러낸다. 모두들 숨죽여 조용히 바라본다. 여기저기서 환호성이 터져 나온다. 카메라 폰으로 일출의 순간을 놓칠세라 수없이 눌러 댄다.

장엄하게 떠오르는 붉은 해를 바라보며 마음으로 조용히 기도하는 순간이다.

나와 인연이 된 모든 이에게 축복을 기원하면서….

지난날 부질없는 오해와 갈등으로 서로를 미워하며 힘들게 했던 일, 모든 아쉬움들을 내려놓고 깨끗한 마음으로 소망을 담아 띄워 본다. 내가 원한다고 이루어지는 게 아니라 노력해야 한다는 것을 너무도 잘 알기에 지금 마음가짐이 초심 그대로 이어지길 바라는 마음으로….

문득 법정스님의 말씀이 떠오른다.

이 세상 끝날 때 남는 것은 따뜻한 마음과 살아가면서 쌓은 선행뿐이라는 말을 남겼다.

　미래의 아름다움을 위하여 선한 눈으로 바라보며 깨끗한 마음으로 도움을 주는 삶을 기원하며….

　해는 중천에 떠 있건만 오늘따라 유난히도 광활함을 토해낸다. 가슴 한쪽에선 새로운 사랑이 꿈틀거린다.

　그래 이제부터 시작이야, 또 다른 시작을 위하여….

아이들과 떠난 연주여행

　따스한 감성을 가진 아이로 키우기 위해 합창단에 가입시켰다. 토, 일요일은 무조건 연습실로 향한다. 남학생으로만 구성되어 있기에 어려서부터 단체생활을 배움으로써 호연지기를 기를 수 있는 아주 좋은 기회다. 합창을 통해 협동심을 심어주고, 정기연주회 등 크고 작은 무대에서 자신감을 다지고 재능을 마음껏 펼칠 수 있기를 바라는 마음이다. 또한 2년에 한 번씩 외국으로 연주여행을 하면서 보다 넓은 세상을 경험하고 바른 인성으로 자라기를 바랐다.

　이번 연주여행지는 유럽의 오스트리아와 체코 프라하로 정하여 떠나기로 하였다. 오랫동안 고대하던 유럽여행이 실현되는 날, 설렘과 동시에 밤잠을 설치며 새벽을 맞이하였다. 겨울이라 새벽인데도 한밤중인 듯 거리는 고요하였다. 밤새 내린 눈으로 온 세상은 새하얀 눈꽃 세상이다. 단체여행이라 공

항에서 인원파악을 한 후 비행길에 올랐다. 인천을 경유해 장
시간을 기내에서 보내야 했다. 어른들도 지겨운데 아이들은
오죽할까. 잠자는 아이도 있고 장난치는 아이들도 있고 각양
각색이었다. 12시간의 비행 끝에 유럽여행의 관문인 독일의
프랑크푸르트 공항에 도착하였다. 말로만 듣던 유럽. 복잡한
검색을 거친 후 곧바로 체코로 이동했다. 한겨울이라 칼바람
이 매서웠다.

　도시의 분위기는 중세 시대부터 현재까지 이어진 다양한 건
축양식이 그대로 보존되어 있어 아주 수려하고 고풍스러웠
다.

　이곳 체코의 역사는 수백 년의 아픔을 고스란히 간직한 곳
이다. 중세 이후 여러 강대국의 지배를 받던 체코의 독립은
그야말로 눈물겹다.

　종교분쟁으로 인한 국가의 분열, 합스부르크 제국의 지배와
나치 점령, 스탈린과 소련의 잇따른 침략과 공산주의의 어둠,
슬로바키아와 분리되어 체코공화국이 생길 때까지 아주 오랜
시간이 걸렸다고 한다. 오늘이 있기까지 나라를 지키기 위해
애쓴 흔적들을 엿볼 수 있었다.

　인솔자의 안내를 따라 체코 프라하 투어를 마치고 찾은 곳
은 분단의 아픔을 간직한 베를린이다. 분단의 역사를 보여주
는 베를린장벽. 전쟁의 비참함을 후세에 알리기 위해 붕괴된

모습 그대로 보존하고 있었다. 우리의 남과 북의 현실을 보는 듯 마음이 아팠다. 분단되기 전 암울했던 시대의 아픔들이 고스란히 남아 있었다. 그리고 바로 옆에 호텔이라고 하기엔 건물 자체가 엉성하고 살벌한 느낌마저 들었다. 우리는 그곳에서 1박을 하였다. '로마에 가면 로마법을 따르라.'라고 했던가. 시차적응도 안 되고 음식 또한 입에 맞지 않아서 며칠을 굶어서인지 기운이 없다. 금강산도 식후경이라, 입맛이 없으니 여행의 묘미가 나질 않는다. 저녁을 곁들여 가지고 간 컵라면에 김치는 그 어떤 진수성찬이 부럽지 않을 만큼 오랜만의 만찬이었다. 한국 사람들의 입맛은 역시 김치에 있는 것이다. 다음날 유럽에서 가장 아름다운 곳인 천 년 이상의 오랜 역사를 자랑하는 비엔나의 상징 성슈테판 성당으로 향했다. 성당 안으로 들어서자 바로크 양식의 대리석 건축물로 높이가 137m에 무려 25만 개의 벽돌로 이루어진 뾰족한 고딕양식 첨탑이 섬세하고 웅장함에 감탄사가 절로 나왔다. 비록 기독교신자는 아니지만 신성하고 거룩함에 절로 숙연해진다.

잔잔한 음악이 흐르는 합스부르크 왕가를 둘러본다. 말로만 들었던 쉘부르 궁전은 테레지아 여왕이 프랑스의 베르사유 궁전을 너무 사랑하여 똑같이 지었다는 건축물이다. 화려한 내부에 끝이 보이지 않을 정도로 아름다운 궁전은 수백 년동안 유럽을 통치했던 여왕의 힘과 권력을 상징하고 있었다.

영하의 겨울 날씨라지만 바람 한 점 없이 포근한 날이다. 솜사탕처럼 부드러운 눈이 하얗게 덮인 들판에 어른 아이 할 것 없이 한바탕 눈싸움을 즐기며 동심의 세계를 만끽하였다.

어느 곳이든 자연은 우리에게 감동을 준다. '신은 자연을 만들고 인간은 도시를 만든다.'는 말이 진리로 다가온다. 차창 밖으로 무수한 첨탑이 하늘로 치솟은 고딕양식의 건축물이 시선을 압도한다. 저 뾰족탑들은 인간의 신에의 앙망을 상징한다 하였던가. 오스트리아의 대학교, 교회, 궁전 등은 붉은 벽돌로 일정하게 지어져 있어 건축 박물관을 연상케 하고 있다.

문화 예술의 중심지인 오스트리아의 수도 비엔나는 슈베르트와 요한 슈트라우스의 고향으로 모차르트와 브람스가 음악 인생 대부분을 이곳에서 보냈으며 베토벤은 불멸의 명곡을 남긴 곳이다. 우리는 이곳에서 베토벤의 일생, 모차르트의 생가를 방문하며 음악가로서의 성인들의 사상을 엿볼 수 있었다.

음악과 낭만이 흐르는 감성의 도시 비엔나에서 아이들은 이곳저곳을 다니며 우리의 노래를 세계에 알리는 무대를 가졌다. 국회의사당에서 또는 한인들이 살고 있는 교회에서, 특히 천상의 목소리를 가진 빈소년 합창단들과 함께한 무대는 영원히 기억에 남을 것이다.

시간은 흐르고 아이들은 자라겠지만 오스트리아 연주여행은 아이들의 마음속에 영원히 살아 있을 것이다.

아홉수의 비애

티브이 한 코너에 개그맨들이 연기하는 모습을 본다. 상황이 생각처럼 되지 않거나 일이 잘못되었을 때를 빗대어 어김없이 '아홉수니까'라며 숫자 탓으로 돌린다.

우리의 잠재의식 속에서 아홉은 불길한 숫자로 자리하고 있다. 우연인지는 모르지만 아홉수에 운명을 달리하는 사람들을 종종 볼 수 있다.

어느덧 아홉수의 끝자락에 서 있는 나이. 미신이라고 생각하면서도 마음 한구석엔 두려움이 존재하는지도 모른다. 순조롭던 일이 꼬이고 원만했던 인간관계마저 허물어질 때면 아홉수라서 생기는 것은 아닐까라는 괜한 의구심이 생긴다.

따뜻한 햇살이 유혹하는 날, 친구들과 해안선을 따라 제주섬을 드라이브 삼아 한 바퀴 둘러보게 되었다. 내가 나고 자란 곳이지만 제주도는 볼수록 정겹고 아름다운 곳이다.

태초의 자연이 그대로 보존되어 있는 평화로운 섬. 해안가 절벽엔 구멍이 숭숭 뚫린 현무암 사이로 야생화가 수줍은 듯 바람에 휘날리며 에메랄드빛 은빛 물결은 물감을 풀어놓은 듯 살랑살랑 파도에 일렁인다.

간지럽게 내리쬐는 봄 햇살, 자장가의 반주에 맞추어 꾸벅꾸벅 수면을 유도한다. 일행 중에 한 사람이 무료함을 달래고자 심심풀이로 운수를 보자며 제안한다. 덩달아 신이 난 듯 족집게처럼 잘 보는 데가 있다며 그곳으로 안내하였다. 신통하다는 소문 때문인가, 사람들이 줄지어 기다리고 있었다. 내 순서가 되어 점술인 앞에 앉았다. 몇 가지 질문을 던지더니 갑자기 신이 강림했는지 빨간 깃발 하얀 깃발 온갖 깃발을 들고 나를 노려본다. 올해는 구설수도 생기고 건강도 조심하라고, 두루두루 안 좋은 말만 늘어놓는다. 사람의 앞날을 어찌 알 수 있겠는가. 내가 이곳을 찾은 이유는 호기심보다 어쩌면 더 안정된 좋은 말을 듣고 싶었는지 모른다.

운수가 안 좋다는 데다 아홉수에 삼재까지 겹쳤다며 조심 또 조심하라는 말만 반복하는 게 아닌가. 내가 정작 묻고 싶고 궁금한 것은 제대로 듣지도 못한 채 그냥 허탈하게 나왔다.

일을 하면서 많은 사람들을 만나야 하고, 사회 여러 단체에서 활동을 하는 나에게 아무 말도 하지 말고 침묵만 하라니…. 점을 안 봄만 못하다는 생각이 들었다. 집에 돌아와서도 부정적인 생각들이 머리에 가득하다. 다른 곳에서 한 번 더 볼까 하는 충동마저 일었다. 심리적으로 불안하니까 잠재의식 속엔 아홉수에 대한 두려움은 더욱 커져만 갔다.

어린 시절 자주 들었던 일화가 있다.

옛날 한 마을에 아주 절친한 두 사람이 있었다. 어느 날 자신들의 미래가 궁금했던 이들은 점을 보기로 했다.

점을 본 결과 한 친구는 나중에 큰 부자가 될 것이라는 점괘가 나왔고, 다른 한 사람은 궁핍할 것이라는 상반된 점괘가 나왔다. 이후 큰 부자가 되겠다는 사람은 점괘만 믿고 아무런 노력도 없이 세월을 허송했다. 하지만 궁핍할 것이라는 사람은 자기의 운명을 스스로 개척하겠다는 굳은 의지로 열심히 노력한 결과 부자가 되었다. 큰 부자가 되리라던 사람은 궁핍해지고 오히려 궁핍할 것이라던 사람은 부자가 되었다는 얘기이다.

'부지런한 사람은 하늘도 못 막는다.'는 제주도 속담이 있다.

'인생사는 새옹지마'라고 하듯이 흉이 복이 되고 복이 흉이 될 수도 있다.

어떻게 살아야 하는가는 의지에 달려 있다. 사소한 일에도 짜증을 내는 사람이 있는가 하면 큰일을 만나도 감사하게 생각하는 사람이 있다. 세상을 부정적으로 보는 사람과 긍정적으로 보는 사람의 미래는 이미 정해져 있을 것이다.

나를 지켜내는 일은 백만인의 우군이 아니라 나 스스로에게 달려 있다 할 것이다.

나도 모르게 은근히 걱정하던 아홉이란 숫자가 아무 일 없이 지나갔다.

추락하는 데도 날개가 있다면

초저녁 비행기에 몸을 실었다. 좌석벨트를 조이면서 문득 요즘 한창 이슈가 되고 있는 대한항공 부사장의 땅콩 회항 사건이 떠올라 피식 웃음이 나온다.

가장 짧은 기간에 경제대국을 이룬 우리나라에서 일어나는 난센스일 것이다.

우리 같은 평민들이야 그 속을 어찌 알 수 있으랴만, 돈이면 다 된다는 사고를 가진 사람들의 행태이리라. 늦었지만 가장 비싼 수업료를 치르고서라도 사람냄새 좀 풍겼으면 좋으련만.

아직 이른 시간임에도 초겨울의 창밖은 서서히 어둠이 내리고 있다.

나는 비행기를 타게 될 때면 창가의 좌석을 선호하는 편이다. 그날도 바다에 반짝이는 불빛이며 어둠 속에 빠르게 흐르는 구름을 보다가 창을 내리고 조용히 눈을 감았다.

시간이 얼마쯤 지났을까. 기체가 흔들린다 싶더니 심하게 요동친다. 밖은 깊은 어둠 속에 아무것도 분간할 수 없고 금방이라도 추락할 듯이 요동을 쳐댄다.

기장과 승무원은 연달아 방송 멘트를 한다.

"기류가 심한 지역을 통과하고 있습니다. 기상 악화와 더불어 비행기가 유난히 흔들리고 있으니 승객 여러분들께서는 안전벨트를 매었는지 다시 확인하고 안전에 유의하시기를 바랍니다."

기내등도 꺼지고 사람들이 숨죽인 고요 속에 어린아이는 악을 쓰며 울어댄다. 기내엔 무섭도록 침묵의 공포가 밀려든다. 이러다가 잘못되는 게 아닌가. 요즘 들어 터지는 대형사고의 현장이 떠오르며 온몸이 떨려왔다. 가족들이 떠오르고, 내가 여기서 잘못되기라도 한다면 나를 아는 사람들은 얼마나 슬퍼할까? 아이들과 남편은…. 애써 가꾸어온 나의 가정과 행복은….

보험이라도 많이 들어 둘걸, 찰나에 만감이 교차하였다.

"잠시 후 제주공항에 착륙할 예정입니다."

승무원의 멘트가 흐르고, 실내등이 들어오고 비행기는 언제 그랬냐는 듯이 순항하고 있었다.

겨우 십오 분 남짓인데 세상에서 가장 긴 시간이었다.

예전에 읽었던 책이 생각난다.

'모리와 함께한 화요일'을 읽다 보면 죽음에 대하여 깊은 생각을 갖게 한다. 죽음도 삶의 일부분이라 생각하며 죽음이 있기에 삶은 더 가치가 있다는 것을 강조한다. 루게릭병으로 삶을 마감하는 순간에도 제자인 미치를 통해 전달하려고 했던 것은 삶의 소중함과 살아가는 동안 인생을 낭비하지 말고 의미 있는 생生을 살라는 것이다. 특히 가장 기억에 남는 것은 모리 교수가 자신의 사후의 장례식이 아닌, 살아 있을 때 가상 죽음을 통하여 자신을 바라보는 것이다.

예정된 죽음으로부터 자유로운 사람은 없다. 주어진 짧은 생에서 진정한 삶의 가치를 추구하며 아름다운 인생을 마감하여야 하리라.

출구를 나오는데 남편이 웃으며 손을 흔들고 있었다.

차를 타고 오는 내내 기내에서의 급박한 상황을 즐거운 새처럼 재잘댔다.

말없이 듣고 있던 남편이 '툭' 한마디 던진다.

"웬일이야, 기회에 장가 한 번 더 들 뻔했는데…."

용서

　용서의 한계는 어디까지일까, 마음으론 수없이 용서하였다고 믿고 싶지만 시간이 흐를수록 머릿속엔 깨진 언어의 조각들이 잔재로 남아서 나를 찌른다.

　언젠가 읽었던 책 중에서 많은 공감을 느꼈던 부분인데 사람은 몸이 아파 우는 것보다 마음이 아픈 것에 더 운다고 하였다.

　칼로 베어 생긴 상처는 연고를 바르면 금세 낫지만 말로 인한 상처는 가슴 깊이 박혀 있어 시간이 지나도 쉽게 지워지지 않는다.

　공격에 묵묵히 아무런 반응도 없이 쏟아지는 말의 비수를 그대로 맞았다. 졸지에 당한 일이라 황당하고 속은 상하였지만 그냥 침묵으로 일관했다. 때로는 바보처럼 사는 것도 하나의 방법이라 생각하면서….

남을 탓하기 이전에 상대를 굳게 믿었던 나의 어리석음을 깊이 깨우칠 수 있는 계기가 된 것이다. 살다 보면 여러 부류의 만남을 경험하게 되는데 좋은 만남은 신이 주신 축복이라면 악연 또한 내가 헤쳐 나갈 만남일 것이다.

특별한 이유 없이 공격하는 상대가 불쌍하다. 남에게 그 상처가 어떤 의미를 주는지도 모른 채 뒤에 숨어서 의도적으로 불이익을 당하도록 일을 꾸미고 시샘하고 질투하여 은근히 잘못되길 바라는 양심적이지 못한 행동이 안타까울 뿐이다.

눈물이 얼굴을 타고 내렸다. 눈물을 흘릴 만한 의미조차 없지만 하염없이 눈물을 쏟아냈다.

누군가는 말했다. 울고 싶으면 실컷 울어야 한다고 말이다. 나는 눈물샘을 열어 놓고 실컷 쏟아 내었다. 순간 뭐라 표현할 수 없을 만큼 시원하고 후련하다. 카타르시스란 이런 것인가 보다. 그리고 나 자신이 어떠한 공격에도 견딜 수 있는 힘이 무한하다는 것이 대견하고 신기하였다.

살다 보면 여러 만남을 경험하게 되는데 좋은 만남은 신이 주신 축복으로 감사하고, 악연 또한 나의 인생을 조탁하는 과정에 내가 헤쳐 나갈 좋은 기회로 삼을 일이다.

예전엔 순풍을 타고 항해하는 삶이 최고의 행복인 줄 알았다.

그러나 지금은 다르다. 신은 사람이 극복할 수 있을 만큼의 시련만을 준다고 하지 않았는가.

　차를 몰고 밖으로 나왔다. 저녁 노을이 하늘과 대지를 안고 황홀하게 색칠하고 있었다. 카메라 폰으로 우주를 향하여 한 컷 접수하고 가만히 미소를 보냈다.
　그림은 밝은 색과 어두운 색, 칙칙한 색과 맑은 색 등 여러 색이 필요하다.
　인생 또한 미움과 사랑, 기쁨과 슬픔, 헤어짐과 만남, 그리움과 기다림 등 온갖 체험으로 그려내는 한 폭의 그림이 아닌가. 욕심과 이기심으로 얼룩진 모순의 덩어리를 지우면 그 빈 자리에 사랑과 평화와 희망으로 채색되지 않을까.
　그것이 우주의 섭리이며 질서이기에 지금 내 안의 부글거리는 것들을 지우고 맑은 평정을 채우고 싶다. 상대를 미워하는 동안 나에게 평안은 없을 것이다.
　용서하자. 나 자신을 위하여….
　화려하던 노을이 내일을 위하여 고요한 물음 속으로 변주하고 있다.

6부
행복이 머무는 자리

여행은 세계의 자연과 삶을 돌아보면서
나를 조명하는 시간이며 나를 확인하는 시간이다.

행복이 머무는 자리

미케비치 해변은 눈부시다. 창가의 햇살이 새롭게 나를 깨운다.

월광의 커튼을 걷어낸 해변엔 아침부터 사람들이 해수욕을 즐기고 있다. 끝없이 펼쳐진 드넓은 수평선에 여러 척의 유람선이 한가롭다.

전부터 딸내미와 함께 여행을 하고 싶었다. 항공사에 근무하는 딸 덕분에 여러 번 기회는 있었지만 여건상 시간을 내기가 쉽지 않았다. 무작정 엄마의 일정을 무시하고 베트남 휴양지인 다낭으로의 여행을 정했다. 일정에 구애받지 않은 자유로운 여행, 발길 닿는 대로 4박 5일을 지내다 오는 것이 이번 여행의 테마다.

오늘, 미케비치 호텔에서 여장을 풀었다. 여행이라기보다는 휴양을 겸한 마음의 행로이다. 사진 찍는 것을 좋아하는 딸은 좋은 풍경을 찾아 쉴 새 없이 셔터를 누른다. 나는 평소 읽고 싶었던 책을 펼쳐 들었다.

　오후 스케줄은 힐링 코스였다. 허름하다 못해 빈티지한 젊은이들이 많이 찾는 콩카페에서 시원한 커피를 마시며 여유를 즐긴 후 전신 마사지로 굳어 있던 근육의 피로를 풀었다. 기분이 날아갈 듯하였다. 딸애 때문에 제대로 호강을 누린 셈이다.

　엄마와 딸이란 인연으로 동시대를 살면서 같은 장소에서 같은 시간을 공유한다는 사실은 소중하다. 비록 세대 차이는 있을지라도 서로의 삶의 가치를 이야기하며 서로의 이해를 넓히며 하늘이 맺어준 인연을 확인하는 시간을 공유하면서 여행하기란 쉽지 않은 소중한 기회였다.

　첫날은 이곳의 역사와 문화를 찾아보기로 하고 택시를 탔다. 아무리 자유여행이라지만 우리와는 다른 사회주의 체제의 국가라서 거리에 제복 입은 모습만으로도 긴장감이 돌았다. 베트남 전쟁 당시 월남으로 파병되었던 작은아버지 모습도 순간 스쳐 지나갔다. 그나마 다행인 것은 딸이 영어로 쉽게 소통할 수 있어서 위안이 되었다.

　아침 출근 시간이라 오토바이 행렬이 꼬리를 물고 이어졌다. 베트남의 교통수단은 주로 오토바이인 듯싶다. 마치 잠자리 떼가 나뭇가지에 몰려 있는 것 같았다. 택시 사이를 곡예

하듯 아슬아슬 잘도 빠져 나갔다.

이튿날은 베트남의 근대사가 알알이 새겨진 화려한 왕궁을 찾았다. 13명의 왕이 살았던 왕궁이다. 찜통더위 속에 안내원의 안내를 받으며 2시간여 전기차를 타고 둘러보았다. 1802년 '응우웬 왕조'로부터 1945년까지 총13명의 왕이 거주했던 곳이었다. 150년의 역사를 지닌 왕궁은 중국식과 프랑스식이 혼합된 건축양식이었다. 안타깝게도 베트남 전쟁 당시 전부 소실되어 현재 남아 있는 왕궁은 다시 복원된 것이다.

베트남은 중국, 프랑스, 캄보디아, 일본, 미국 등 강대국들과 전쟁을 치렀고 특히 오랫동안 프랑스의 지배를 받기도 하였지만 끝내는 다 물리친 강인하고 자존심이 강한 민족이다. 특히 이웃인 중국과 태국의 영향으로 대부분 불교를 믿고 있다. 국화 또한 연꽃이어서 연못이며 분수대며 가는 곳마다 연보라색 연꽃이 피어서 관광객들의 눈길을 끈다.

연일 35도가 넘는 무더위가 기승을 부린다.

다행히 우리가 머물고 있는 숙소 맨 꼭대기 층인 23층엔 풀장이 있다. 거기에다 시원한 바닷바람까지 불어와서 벤치에 앉아 대화를 나누기에 안성맞춤이다.

분위기 탓일까? 재잘재잘 딸애와 얘기를 나누다 보면 마치 이십 대로 돌아간 듯 마음은 한없이 즐거운데 어느새 중년이다. 참 빠른 세월에 놀라면서도 한편으론 힘든 세월을 잘 참고 잘 살아왔다는 생각에 새삼 내가 대견해지기도 하였다.

이튿날, 베트남의 작은 유럽 바나힐을 찾았다. 산 정상에 가려면 1km의 케이블카를 타야 하고 거대한 폭포수를 지나 구불구불한 산맥을 넘어야 하였다. 이 어마어마한 풍광에 놀라며 인간의 한계는 어디까지일까 도무지 가늠이 안 된다. 어릴 때 미지의 꿈, 가상세계를 읽으며 머릿속에 상상했던 일들을 현실세계에서 만날 수 있다는 게 신기할 따름이다.

화려한 색채와 섬세한 유럽식 건축양식인 건물들이 웅장하다. 꿈나라인 보물섬을 만나는 느낌이다. 워낙 높은 고지대라 안개가 자욱하게 깔려 있어 더욱 운치를 이룬다. 각 나라 사람들로 축제의 물결이 출렁이며 흐르고 있었다.

'바람이 머무는 곳, 구름도 쉬어 가는 곳'이라면 신선이 따로 있을까?

정상에 절이 있어 배례를 한 후 기가 넘치는 발걸음으로 내려왔다.

딸의 능숙한 가이드로 최고의 휴양을 즐긴 때문인지 몸도 마음도 날아갈 듯하다.

여행은 세계의 자연과 삶을 돌아보면서 나를 조명하는 시간이며 나를 확인하는 시간이었다. 때로는 매몰된 일상에서 미지의 세계로의 일탈이 때로는 행복이 머무는 자리로 의미가 있었다.

생일날에 생긴 일

집을 떠나 있던 아이들이 몇 년 만에 다 모였다.

오늘은 내 생일이다. 다른 사람들은 해마다 맞는 생일이지만 윤달에 태어난 나는 4년마다 맞는 생일이라 그 의미가 남다르다 할 수 있다.

아침부터 부엌에서는 달그락거리며 어수선하다. 새벽에 일어나 딸내미는 엄마를 위한 특별 이벤트인 미역국을 끓인다며 법석을 떨고 있는 모양이다. 아이들의 작은 성의에 못 이긴 체 가만히 지켜보고만 있었다. 며칠 전부터 기대를 가졌다. 이번 생일은 좀 인상 깊은 날이었으면 싶은 생각에 약간은 들떠 있었다.

하루 일과를 끝내고 가족들과 외식도 하고, 좋은 영화를 보고, 많은 이야기를 나누며 추억도 만들어야지 생각하고 있었다. '아뿔싸' 반나절을 보내고 오후가 되면서 기운이 점점 없어지더니 몸에 이상한 징후가 보이기 시작하였다. 속이 울렁거리고 식은땀이 줄줄 흐르는 것이다. 잠깐 누워 있으면 괜찮겠지 하며 잠시 눈을 붙였다.

오후가 되자 흩어졌던 아이들은 엄마의 생일을 축하하기 위해서 모였다. 케이크며 정성스럽게 선물도 준비한 모양이다. 잠시 누워 있던 몸을 일으키려는 순간 움직일 수가 없었다. 오전에 급하게 먹은 게 급체를 한 것일까? 아이들도 엄마의 모습에 겁이 났는지 호들갑들이다.

집 근처 병원에서 링거를 맞고는 안정이 되었다. 자라 보고 놀란 가슴 솥뚜껑 보고 놀란다고 놀란 가슴은 진정됐지만 왜 하필 오늘이야, 속으론 짜증이 났다. 가만히 지켜보던 남편은 표현은 안 했지만 귀찮은데 오히려 잘됐다는 눈치다.

퉁퉁 부어 있는 내 모습에 못 이겨 지금이라도 생일 파티를 하자며 한층 부아를 돋운다. 내 팔자에 웬 생일파티? 기대한 내가 잘못이지. 모처럼 우아한 생일을 맞으려 했던 내가 잘못이지.

식구라고 해야 달랑 네 명뿐인데도 아이들은 장성하여 저들대로 바쁘게 살다보니 한자리에 모이기가 그리 쉽지가 않다. 온 가족이 오순도순 둘러 앉아 함께 식사를 했던 적이 언제였을까, 기억마저 가물가물하다.

여자의 마음이란 나이가 많고 적음에 관계없이 관심의 대상이 되고 싶어 한다. 특별한 날을 떠나 조그만 것에도 관심을 가지고 기억해 주길 바란다.

모처럼의 생일파티는 물거품이 되고, 아이들은 약속이 있다며 제 갈 길로 가 버렸다. 혼자 집에 누워 있으려니 서러움이 밀려왔다.

잠시 후 남편이 생일 선물이라며 예쁘게 포장한 책 한 권을 들고 왔다. 요즘 베스트셀러가 되고 있는 책이라며 내민다. 순간 기분이 묘하다. 선물 공세에 약한 것이 여자의 마음이라지만 카멜레온처럼 표정관리가 잘 안 된다. 무뚝뚝한 남편의 생각지도 못한 로맨틱한 선물은 감동이었다. 하루 종일 기분이 울적했는데 남편의 깜짝 파티에 서운한 감정은 눈 녹듯 사라졌다. 그래 생일이 대수냐. 일 년 365일이 내 생일인데 뭐. 이왕이면 생일날 책 대신 더 근사한 선물을 받고 싶었는데 그래도 성의가 어딘데.

한 권의 책으로 헝클어진 마음의 빗장은 삽시간에 사라지고 말았다.

시월의 밤

예정에 없던 서울 나들이를 하게 되었다. 서울에 살고 있는 가까운 일가의 결혼식에 참석하기 위해서다. 원래는 시아버님께서 참석하시기로 하였는데 갑자기 나에게 아버님을 대신해서 참석하라는 것이다. 아무런 준비 없이 선뜻 내키지는 않았지만 이 기회에 서울에 사는 친구를 만나 차를 마시며 수다나 실컷 떨다 오는 것도 괜찮을 것이라는 생각 끝에 친구에게 전화를 하였다.

친구는 말이 끝나기도 전에 모처럼의 기회에 당장 오라며 신바람 나는 말투다.

두말할 것 없이 다음 날 새벽 출발하는 비행기 표를 예매하고 서둘러 친구에게 가지고 갈 약간의 선물을 챙겼다. 이튿날 아침 비행기에 몸을 실었다. 잠깐이지만 그래도 집을 떠나 밖으로 출타한다는 것은 좋은 일이다. 친척집 결혼식에 참석

해야 한다는 주된 이유지만 오랜만에 친구를 만난다는 기쁨에 들떠 마음은 어린아이마냥 붕- 떠 있었다. 얼마 후 비행기는 김포공항에 도착하였다. 출구를 향해 나가는데 반가운 얼굴이 손짓을 하며 하얗게 웃고 있었다. 자주 통화를 하면서도 얼굴을 마주하니 이산가족 상봉처럼 왜 그리 반갑고 할 말은 많은지….

순수하고 맑은 친구의 모습은 칼바람 같은 추위도 아랑곳없이 단걸음에 달려와 따스한 온기로 나를 채워 주었다.

계절은 가을의 중반에 채 접어들었는데, 제주와는 달리 급작스런 한파로 기온은 영하권으로 뚝 떨어져 싸늘한 기온만이 감돈다. 넓은 도로를 사이에 두고 가로수들은 자랑하던 무성한 초록을 내려놓고 어지러이 마른 잎들이 구르고 있었다. 모처럼의 만남이기에 추위도 아랑곳없이 다만 흐르는 시간이 아쉬워 곧바로 남대문 시장으로 향했다. 서울에 오면 곧잘 찾는 우리 둘만의 비밀공간이라도 되는 듯이….

수많은 인파로 시끌벅적한 시장은 추위와는 무관하였다. 온갖 제스처를 사용하며 사람들의 발길을 붙잡으려는 상인들의 표정엔 생동감이 넘친다. 골라, 골라! 상인아저씨의 구수한 입담에 한 아름 옷을 챙겨 들고서 찜질방으로 발걸음을 옮겼다. 역시 여자들이 맘 놓고 수다를 떨 수 있는 공간은 찜질방만한 데가 없다.

쉴 새 없이 이어지는 수다. 가을이면서 겨울인 듯 을씨년스런 시월의 밤. 그러고 보니 오늘이 10월의 마지막 밤이다. 어느새 우리는 이용의 노래를 흥얼거리며 그렇게 우리 둘만의 추억의 밤은 깊어만 갔다.

이제 조금 있으면 아쉬운 작별을 해야 한다. 한 시간 남짓한 결혼식 피로연을 마치고 비행기 시간에 맞추어 전철을 탔다. 제주에서 서울이라는 거리, 마음만 먹으면 쉽게 왕래할 수 있는 거리지만 말처럼 쉽지 않은 일이다. 언제 또 만날 수 있을지? 만남은 이별을 예정하고 있는 것. 배웅하고 돌아서는 친구의 모습이 너무 허전하다.

짧은 시간이었지만 그래도 하룻밤의 해후는 옷의 겉과 속처럼 의미 있는 시간이었다.

내년 여름에 친구가 제주를 찾는다면 지난여름처럼 후회하며 보내진 않으리라.

스멀스멀 멀어지는 도시의 현란한 불빛을 뒤로하고 10월의 밤은 기억을 새기고 있다.

존재의 가벼움

한 해가 저물어간다. 아직은 연말을 느끼기엔 조금은 이른 감은 있지만 예전보다 이른 추위를 온몸으로 느끼며 어느덧 겨울이 왔음을, 그리고 한 해가 가고 있음을 실감한다.

매해 이맘때가 되면 찾아오는 감정의 소용돌이는 나이가 더해지는 두려움인가, 아니면 한 해 동안 계획했던 일들을 성취하지 못한 미련 때문인가?

올해 초 우연치 않게 봉사단체의 회장을 맡게 되었다. 자유와 세계평화를 위하여 분단된 조국 통일을 평화적으로 성취하는 데 기반을 두고 복지사회 건설에 이바지한다는 목적과 취지가 마음에 와서 참여하기로 하였다.

전국적인 회원 수도 수천 명에 이르는 단체로서 제주의 한 단위 회장으로 일조할 수 있다는 자부심을 느끼며 어깨는 무거웠지만 좋은 사람들과의 만남이기에 잘 해낼 수 있으리라는 기대와 함께 야심차게 출발선에 섰다. 그동안의 사회 경험을 바탕으로 진정한 봉사를 펼칠 수 있으리라는 기대와 함께….

서로가 다른 직업과 성향을 가진 사람들이지만 정보도 교환하고 참된 봉사를 하며 친목을 다진다는 의미로 아주 뜻깊은 만남이었다.

리더란 우선 너그럽고도 넉넉한 성품으로 모든 회원들을 감싸 안을 넓은 도량이 있어야 할 것이다. 하여 회원 간의 좋은 관계를 유지하면서 의미 있는 일에 참여한다는 주된 목적을 인식하면서 봉사에 앞장섰다.

하지만 세상에 쉬운 일은 없었다.

내 나름으로는 최선을 다한다고 하였는데 의도가 왜곡되어 와전되면서 문제를 일으키는 바람에 큰 곤란을 겪게 되었다. 모든 원인이 밝혀지면서 문제는 종결이 됐지만 수많은 시간을 가슴앓이하며 고뇌의 시간을 보내야 했다. 결국 시간이 지나면서 오해는 풀렸지만 믿었던 사람에 대한 신뢰는 회복하기가 좀처럼 쉽지 않았다.

서로의 불신에서 비롯되었다기보다 약간의 너그럽지 못한 마음에서 파생되는 미묘한 감정의 차이 때문이었지만, 평소에 굳게 신뢰했던 사람들이기에 오히려 실망이 더 컸는지도

모른다. 충분히 이해한다고 말은 하면서도 자신의 입장에서
만 논쟁을 벌이다 사태는 종결이 나고 말았다. 결국 작은 오
해의 씨앗은 그동안의 인간관계마저 어색한 관계로 전락하게
하였다. 어떠한 상황에도 끝까지 한마음이 되어 일취월장日就
月將할 줄 알았는데….

인간의 관계란 때로 툭 지는 낙화처럼 너무나 쉽게 무너질
때 '존재의 가벼움'이란 말이 회오리처럼 휩쓸고 간다.

세월이 더할수록 인간관계의 소중함을 느끼며 살아가지만,
언제 무너져버릴지 모르는 허상일 뿐이라는 부정적인 염증에
시달려야 했다.

제주 속담에 '사람테우리가 소테우리보다 어렵다.'는 말의
뜻을 헤아려 본다.

어느 집단이나 개성이 강한 사람은 있게 마련이고, 목소리
가 큰 사람이 있게 마련이지만 한 단체의 목적과 이상을 실현
하기 위해서는 내가 아닌 우리라는 생각이 중요하다 할 것이
다.

어느덧 임기가 끝나서 회장직을 위임하고 나니 큰 짐을 내
려놓은 듯 몸과 마음은 날아갈 듯 가뿐하다.

따뜻한 위안

우리는 살아가면서 누구나 한 번쯤 자신의 인생을 획기적으로 바꿔 놓을 만한 계기가 주어진다고 한다. 그것은 어떤 인연일 수도 있고 한 권의 책일 수도 있다.

나에게는 살면서 두고두고 잊을 수 없는 만남이 있다.

모든 만남이 그러하듯 처음엔 우연처럼 만나게 되지만 시간이 가면서, 더구나 그 사람의 내면과 교류하면서 운명처럼 특별한 만남으로 발전해 나가는 것이리라.

겉으로는 온화하고 평화로워 보였다. 뒤늦게 알게 된 사실이지만 그의 내면에는 해결하지 못한 문제를 안고 고뇌에 차 있었다는 것이다. 나와 스스럼없이 웃으며 만나던 그때가 지금껏 쌓아놓은 모든 것이 한꺼번에 무너져 내리는, 생에 가장 힘든 시기였다고 한다. 그럼에도 힘들다는 내색도 없이 의연하고 당당한 모습으로 고통의 터널을 뚫어 가고 있었다.

주변의 피붙이보다 더 가까이 지내던 사람들조차 눈길 한 번 주지 않고 하나, 둘 그렇게 떠나는 것이었다. 그뿐 아니라 뒤에서 수군거리며 손가락질까지 하는 것이다. 나 또한 혹 불똥이 튈까 은근히 걱정을 하면서도 그 어떤 이끌림으로 차마 외면하고 떠날 수 없었다.

지금은 어디론가 훌쩍 가고 없지만 지금도 언니의 빈자리는 늘 서늘한 바람이 불어온다.

만일 내가 그 상황에서 남들처럼 돌아섰다면 지금처럼 좋은 추억으로 회상할 수 있을까?

힘들고 지칠 때 따뜻한 위안이란, 목마를 때 냉수 한 그릇처럼 다시 걸을 수 있는 희망과 용기를 주는 생의 즐거운 도반일 수 있겠다는 생각을 해 본다.

그것이 때론 약간의 물질적 정신적 손실이라 할지라도 그 일로 긍정적으로 세상을 바라보는 계기가 되고 '참 잘했어.'라고 즐겁게 회상할 수 있다면 얼마나 풍요로운 삶이겠는가?

'사람은 배를 부르게 해 준 사람보다는 영혼의 충만함을 전해준 사람을 더 기억하게 된다.'라는 말이 있지만 나의 여정에서 언니와의 만남은 신의 은총이라 생각한다. 나의 회상 속에 언니는 나에게 삶에 대한 성실성을 보여 주었고, 아무리 힘들어도 치사하지 않는 당당한 가난을 보여 주었다. 힘들고 외로운 길을 뚜벅뚜벅 걸어가는 언니를 보면서 나의 삶을 돌아보게 되었고 냉수 한 그릇 같은 우정을 공유할 수 있었던 것은 무엇과도 바꿀 수 없는 행운이었다.

만남, 느낌, 교감 등 삶의 모든 인연들이 행복을 만드는 보석 상자였음을 왜 몰랐을까.

신은 정말 소중한 것들은 화려하고 빛나는 곳이 아닌 아주 작고 초라한 곳에 숨겨 놓아서 쉽게 눈에 띄지 않는 모양이다. 너무 힘들어 포기하려는 순간, 그냥 지나쳤던 일상에서 그리고 우연찮은 만남에서도 반짝이고 있는 보석을 만날 때가 있다.

그것을 찾을 수 있는 눈, 행운이라면 이런 게 아닌가 싶다.

누구나 저마다의 그릇이 있다면 나는 별로 눈에 띄지 않는, 언제나 그 자리에 놓여 있는 자리끼 같은 그릇이고 싶다. 그렇게 나의 길을 돌아보면서 누구도 기억하지 않는 작은 위안이었으면 싶다.

커피 이야기

모락모락 피어나는 열기를 타고 방 안 가득 스며드는 헤이즐넛 향기가 코끝을 자극할 때면 커피 향에 취한 영상 속으로 옛 기억이 아련히 피어오른다.

커피는 만남과 추억이 함께 공존한다 하던가.

요즘 거리에 나서면 동네마다 커피전문점이 대세이다. 그만큼 커피를 즐기는 사람들이 많아졌다는 말이다.

대중적 브랜드인 아메리카노, 카푸치노, 에스프레소 모두 풍부한 맛과 독특한 향을 지녔다.

사람들의 취향에 맞추어 구수하게 볶은 원두의 가루를 뜨거운 증기로 우려낸 에스프레소를 비롯하여 아이스크림에 커피를 혼합하여 만든 아포가토, 커피를 우유에 타서 부드럽게 만든 카페라떼 등 커피 종류도 다양하여 종류대로 다 헤아릴 수 없다.

하루에 한두 잔 마시는 것이 습관이 되었다. 카페인으로 인하여 중독이 되어 버린 내 몸은 커피를 마시지 않으면 세상은 무의미하다. 하루 종일 비몽사몽 멍하니 공황상태에 빠진다. 여전히 달콤한 자판기 커피에 길들여진 내 입맛은 아무리 세련된 신세대 커피를 마셔도 느낌이 없다.

나의 커피 애호는 30여 년 전부터 시작되었다. 회사에 출근하면 우선 동료들과의 모닝커피로부터 하루의 일과가 시작된다. 그 이후로 하루도 거르지 않고 습관적으로 마셔 왔다. 가히 중독이라 하겠다. 아침에 일어나면 밥은 안 먹어도 커피는 꼭 찾는다. 마음 놓고 늦잠을 잘 수 있는 일요일이면 남편은 보약을 먹이듯 습관처럼 침실 머리맡에 꼭 커피 한 잔을 갖다 놓는다. 이처럼 나의 커피 사랑은 그칠 줄 모르는 커피매니아로 만들어 놓았다.

프랑스 외교관인 탈레랑은 커피를 '악마처럼 검고, 지옥처럼 뜨겁고, 천사처럼 순수하며, 사탕처럼 달콤하다.'고 했다. 한번 빠지게 되면 누구라도 포로가 될 수밖에 없는 원두의 매혹적인 맛과 향에 대하여 이토록 완벽하게 표현 사람이 또 있을까.

스타벅스의 슐츠 회장은 '커피는 단순한 음료가 아니라 사람과 사람을 이어 주고 유대감을 형성하는 매개체'라고 그의 커피 철학을 피력한 바 있지만, 손님과의 만남이든 중요한 약속을 할 때 커피는 분위기 있는 장소에 어울리는 음료이기도 하다. 소중한 추억을 만들고 마음에 지친 사람들을 달래 줄 수 있는 공간 역시 커피와 함께한다.

일반적으로 커피는 우리 몸에 해롭다고 인식되어 왔지만, 커피가 우리 몸에 놀라운 영향을 미칠 수 있다는 연구결과가 나왔다. 커피에 포함된 항산화물질이 암세포 발생을 억제하여 암 예방에 좋고, 근육통 당뇨병까지 억제한다는 것이다. 또한 원두커피를 마신 후 찌꺼기는 식물들이 자라는 데 밑거름으로 쓰거나 방향제로 사용해도 좋다는 것이다.

최근 연구결과에 의하면 200ml 분량의 커피 두 잔을 마시면 200mg의 카페인이 포함되어 있어 장기간의 기억력을 증가시켜 치매 예방에도 좋으며, 하버드대학의 연구진에 따르면 하루 3~4잔 커피는 심리적 안정으로 우울증이 발생할 확률을 20%나 줄여 준다고 한다. 거기에다 피부암에 걸릴 수 있는 위험을 크게 줄이고 간경화 및 간질환 예방에도 도움이 된다고 한다. 하루에 200~300g의 카페인은 휴식하는 동안 혈류량을 증대시켜 심장기능을 원활하게 하여 운동량을 늘릴 수 있는 것으로 나타났다.

하루의 6잔의 커피는 당뇨병의 위험도를 33% 줄이고, 남성들의 경우 통풍gout 발생을 59% 줄여주는데, 커피가 혈액 속에 있는 요산uric acid의 수치를 낮추기 때문이라고 한다. 그 외에 탈모·충치·전립선 예방에도 도움이 된다는 연구결과이다.

그러나 카페인을 과다 섭취할 경우 탈수증세 및 골다공증의 우려가 있다고 하니 자기의 체질에 맞게 적당량을 마시는 게 좋을 성싶다.

요즘 들어 오후 늦게 커피를 마시면 카페인 때문인지 잠을 잘 이루질 못한다. 뭐든 잘 먹으면 약이 되지만 아무리 좋은 음식이라도 잘못 먹으면 독이 된다는 말을 실감한다.

은은한 갈색 톤의 황금빛 물결, 질리지 않는 편안함을 주는 맛. 매혹적인 어느 커피 광고가 떠오른다. 그래도 커피가 있어 나의 하루가 행복하다.

꽃들에게 희망을

낡은 집을 헐어 새집을 지었다.

남향으로 자리하고 있어 햇살이 밝은 집, 내가 꿈꾸던 아름다운 집이다. 그렇게 원하던 딸아이 방도 만들고 컴퓨터가 놓인 나만의 서재도 꾸몄다. 정신적 휴식공간으로 테라스에 정원을 만들어 나무와 꽃들도 심었다. 집들이하면서 지인들이 보내온 화분도 배치하여 오밀조밀 저마다의 자태를 뽐내고 있다.

집 안에서 자연을 음미할 수 있다는 게 얼마나 행복한 일인가. 추운 겨울이 지나고 봄이 찾아오면 우리 집 정원에도 예쁜 꽃들이 피고 잠자리도 날아들 것이다.

저만치 중앙 성당 십자가가 시야에 가득하다. 거실에 앉아 밖을 내다보면 식물들과 함께 어우러져 한 폭의 그림 같은 풍경을 이룬다. 비 내리는 날이면 아름다움의 극치를 이룬다.

아침에 눈을 뜨면 정원의 나무와 꽃들, 그리고 주변의 풍경을 이루는 사물들과 무언의 소통으로 마음은 날아가는 새와 같다.

그런 나의 행복도 잠시, 올 겨울 13년 만에 찾아온 한파로 정원은 초토화가 되고 말았다.

나무들은 주저앉고, 일일이 어루만지며 정성을 기울였지만 가꾸던 꽃들은 폭탄을 맞은 듯 축 늘어져 소생할 기미가 없다. 나는 왜 진작 이 어린 생명들의 아우성을 듣지 못했을까. 이럴 줄 알았으면 포대라도 따뜻하게 감싸 줄걸. 온실에서 자라야 할 연약한 체질의 식물들을 미리 식별하지 못한 내 무지의 소치로 이런 사단이 나고 말았다. 파랗고 무성하던 것들, 말 그대로 온통 쑥대밭이다. 우렁차게 날갯짓하던 행운목은 가지만 앙상하게 남아 볼품이 없고, 앙증맞게 주렁주렁 빨간 열매로 화단을 수놓던 백양금은 하나같이 살점이 뜯겨 나가는 고통에 몸부림치고 있다.

그래도 봄은 어김없이 찾아왔다. 폐허 같은 정원을 참담하게 살펴보던 나는 '아, 식물에게도 영혼이 있었구나!' 화들짝 깨어났다. 말라비틀어진 가지에서 새싹이 돋아나고, 얼어붙었던 화분에서 어린 새순이 보이는 게 아닌가. 신비하고 경이로운 순간이었다.

순간 T. S. 엘리엇의 시 '황무지'가 떠오른다.

4월은 가장 잔인한 달
죽은 땅에서 라일락을 키워 내고
추억과 욕정을 뒤섞고
잠든 뿌리를 봄비로 깨운다… (생략)

혹독한 겨울을 이겨내고 꿋꿋하게 일어선 어린 싹들에게 박
수를 보낸다.
호수를 대고 물을 흠뻑 주었다. '생명이 있는 것들을 찬양하
라!' 가슴으로 읊조려 본다.
이 기회에 서점에서 식물에 관련된 책을 몇 권 샀다. 그게
저 어린 영혼들에 대한 최소한의 예의이며 보상일 것이라는
생각에서…. 내친김에 넝쿨장미를 군데군데 심었다. 온 사방
에 고운 꽃이 필 것을 상상하면서 벌써 마음이 설렌다.

아기 금붕어 구출작전

우리 집 거실 한쪽에 수족관이 있고 금붕어들이 유영하고 있다.

몇 년 전 집을 마련할 때 거실과 부엌 사이 칸막이 대용으로 수족관을 들인 후 금붕어들은 우리 가족이 되었다. 누가 먼저랄 것 없이 우린 먹이를 주고 금붕어들은 꼬리를 살살 흔들며 반갑다고 한다. 무료한 시간에 애들의 노는 모습을 보고 있노라면 모든 시름도 사라지고 만다.

그렇게 우린 지금의 집으로 이사를 하면서 금붕어 가족들도 함께 데리고 왔다. 한갓 미물에 지나지 않지만 그 세월 함께 지내다 보니 말없이 감각적으로 교감하는 사이가 됐다.

정적이 깊은 밤이면 저들의 장난기가 발동하는지 수족관 안은 온통 서커스 판이다. 야심한 밤중에 난리 아닌 요동이 벌어진다. 요즘 부쩍 싸움이 연속이다. 며칠 전 남편이 아기 금붕어를 몇 마리 데려오면서부터 사건은 시작됐다.

새 식구를 환영하는 의미로 새벽부터 수족관 내부를 깨끗이 청소했다. 먹이도 넣어 주고 공간을 활용하여 사이좋게 지낼 수 있도록 수족관 안을 예쁘게 꾸며 놓았다. 그런데 다음 날 아침 수족관은 난리가 벌어졌다.

새로 데리고 온 아기 금붕어는 온데간데없이 사라지고 그나마 필사적으로 살아남은 금붕어는 꼬리는 물론 몸통이며 온통 잘려서 살려 달라고 아우성이다. 원래 기르던 큰 금붕어가 질투를 했는지 새로운 무리들에게 공격을 한 것이다. 그냥 두었다가는 어린 것들이 무사하지 않을 것 같아 그중 가장 힘이 센 큰 붕어를 다른 곳에 보내기로 하였다. 집 근처 목관아에 대형 연못이 있다. 그곳은 관광객들이며 많은 사람들이 드나들어 사랑을 받을 수 있는 곳이기도 하다. 다음 날 금붕어와 함께 연못을 찾았다. 아주 큰 대형 붕어와 잉어들이 우아한 자태로 뽐을 내며 무리 지어 평화롭게 놀고 있다. 우리 집 수족관에선 그렇게 크게만 보이던 금붕어가 너무도 작고 초라하다. 과연 적응이나 잘할 수 있을지 걱정이다. 키우던 붕어를 연못에 넣어 주며 생각했다. '작은 수족관에 갇혀서 얼마나 답답했을까. 넓은 곳에서 자유를 찾아 실컷 활보해 보렴!' 진작 놓아주지 못해서 미안하다는 작별 인사를 나눈 후 연못으로 보냈다. 순식간에 어디로 사라졌는지 보이지 않았다. 아들은 많이 아쉬운 모양이다. 열대어보다 더 작은 갓 태어난 아기 금붕어와 십여 년을 함께했으니 섭섭함이 없을까. 하찮은 미물이지만 오랜 시간 애완어漁로 함께 지냈는데 왜 이별이 아쉽지 않을까. 며칠 후 안개비가 내리는 날 궁금한 마음에 연못을 찾았다. 유별나게 우리 금붕어는 흰색에 큰 점을 띠고 있어서 식별하기가 어렵지 않았다. 아직 적응이 덜 되어서일까, 무리들 사이에서 따로 떨어져 놀고 있다. 먹이를 한 줌 쥐어 줬더니 반갑다고 꼬리를 살살 흔들며 뻐끔거린다.

조그마한 수족관에 갇혀서 지낼 때는 우물 안 개구리마냥 저만 잘난 줄 알고 온갖 유세를 떨더니 넓은 세상에서 쓴맛을 단단히 본 모양이다.

오랜만에 우리 집 수족관은 평화가 찾아왔다. 작은 열대어들도 아기 금붕어와 어우러져 유유히 활보하는 모습이 앙증맞다. 아무 보잘것없는 하찮은 생명들이지만 우리 가족에게 웃음을 주는 소중한 존재이다.

초롱이

거리에 나서면 애완견을 쉽게 만날 수 있다.

마치 분신인 양 꼭 품에 안고 다니는 것을 보면 이해가 되지 않았다. 애완동물을 키우려면 미용비며, 병원비며 그 경비가 만만치 않으며, 대소변 처리와 사방에 날리는 털 등 청소도 보통이 아닐 것이다. 그러다가 싫어지면 몰래 버려지는 유기견도 많다지 않은가. 지구 곳곳에 굶주리는 아이들을 생각하면 도무지 이해가 안 된다. 어쨌든 원래 나는 동물을 그다지 좋아하지 않는 편이다.

어느 날 우리 집에 애완견인 초롱이가 찾아왔다. 나는 적극적으로 반대했지만 아이들이 가족들에게 피해를 주지 않도록 키우겠다고 약속을 한 후 허락하였다.

갓 태어난 주먹보다 더 작은 강아지는 말티즈 종으로 이름을 초롱이라 지었다. 보송보송한 털에 솜뭉치가 굴러다니는 모습이 너무도 앙증맞다. 저녁이면 운동 삼아 밖으로 데리고 나가면 얼마나 귀여운지 재롱떠는 깜찍한 행동이 모두에게 웃음을 안겨 준다. 내가 달리면 초롱이도 달리고 말만 못할 뿐이지 감정은 사람과 별반 다르지 않은 것 같다.

나는 애초부터 개에게는 애정이 가지 않았다. 어릴 때 동네 개에게 물린 트라우마가 있어서 크든 작든 별 관심이 없다. 지난해 여름 남편하고 산책하고 있는데 새끼 강아지가 쫓아오자 걸음아 나 살려라 도망치다가 돌부리에 걸려 넘어지는 바람에 팔다리에 피멍이 들고 새로 산 운동복이 찢기는 사건이 있은 후론 더욱 혐오의 대상일 뿐이다.

그러던 내가 서서히 초롱이에게 마음을 열기 시작했다. 초롱이도 나를 보면 꼬리를 살랑살랑 흔들며 애교를 부린다. 초롱이로 하여 동물이 더 이상 무서운 대상이 아니라는 것을 배운다. 일요일 아침 TV프로인 동물농장을 보면서 동물에 대하여 많은 것을 알게 되었고 점점 애정을 갖게 되었다. 주인인 혼자 살던 할머니가 돌아가시자 개는 매일 대문 앞에서 주인을 기다리는 애처로운 모습을 보았다. 다행히 인정 많은 사람이 나타나 잘 기른다고 하여 마음이 놓였다. 개는 어떤 경우에도 주인을 배신하지 않는다는 것이다. 사람보다 낫다고 할 수 있다.

어느 날 초롱이가 사라졌다. 잠시 문이 열려 있는 틈을 이용하여 밖으로 나간 것이다. 식구들을 총동원하여 동네 구석구석을 찾아다녔지만 초롱이 모습은 보이지 않았다.

애가 탔다. 그 어린것이 어디를 헤매고 있을까? 마음이 급했다. 어느 구석에서 주인을 기다리며 벌벌 떨고 있지는 않은지, 유기견인 줄 알고 누가 데리고 간 것은 아닌지, 온갖 생각에 수소문하며 돌아다녔다. 어느 골목에선가 초롱이와 비슷한 강아지를 보았다는 말을 듣고 달려갔지만 번번이 실망하고 돌아오곤 했다.

며칠 후 초롱이가 돌아왔다. 길거리를 헤매는 초롱이를 보고 이웃에서 주인이 나타날 때까지 잠시 데리고 있었던 것이다. 나를 보자 펄쩍펄쩍 뛰면서 좋아서 난리다. 온몸을 비벼대었다. 영영 이별인 줄 알았는데, 아, 얼마나 다행인가. 참, 고마운 분이었다.

털이 앞을 볼 수 없을 만큼 헝클어지고, 온몸이 흙먼지로 범벅이었다.

목욕시키고 깨끗하게 단장을 한 후 목에 이름표를 달아 주었다.

어느새 초롱이는 헤어져서는 안 될 우리 가족이 되어 있었다.

작품해설

인생, 그 변주의 끝은 어디일까?

- 송미경의 작품집『더 늦기 전에』를 읽고

시인 김종호

1.

수필작가 송미경이 원고뭉치를 보내면서 해설을 의뢰해 왔다.

그간 지역 동호인의 모임(애월문학회, 제주문인협회)에서 십여 년 동안 얼굴을 가까이 익히면서 스스럼없이 만나면서 교우해왔지만, 그렇다고 나로서는 그러마고 얼른 대답하기엔 좀 버거운 짐이었다. 왜냐하면 나는 시인이란 모자를 쓰고 다니지만 수필가가 아니며 더구나 평론가가 아니기 때문이다.

송 작가는 나이로는 한참 아래지만 등단 선배인 데다 첫 작품집이기에 나로서는 조심스러울 수밖에 없었다. 그럼에도 부탁이 간곡하고, '애월문학'이란 지역문학의 좁은 공간에서 내가 초대회장으로 어려울 때에 도움을 많이 받았던 터라 마냥 거절할 수만은 없어서 수락하였다. 행여 누가 되지 않기를 바랄 뿐이다.

『더 늦기 전에』 54편의 작품을 무겁게 읽었다.

송미경은 섬세한 감수성과 사물을 바라보는 시선이 깊었다. '아직 한창인 나이에 누구보다 열심히 살았고, 많이 살았고, 많이 아팠고, 그것을 빚어 아름다운 열매를 숙성시키고 있다.' 라는 생각을 하였다. 그것은 의사의 진단과 환자와의 섬세한 교감으로 생명을 살려내듯이 삶의 아픔에 대한 끝없는 질문과 대화하면서 꽃을 피워내려는 구도자의 기원이라고나 할까.

문학은 창조이며 작품은 그 탄생이라 한다면 산과 바다를 건너가서 만날 수 있는 사막의 꽃이라 할 것이다. 에디슨이 전기 발명에 육천 번이나 실패했으나 그 실패가 노하우가 되었다고 한다. 인생은 실패를 딛고 일어서는 꽃이다.

한 작품의 탄생은 작가의 걸어온 인생의 바람과 눈비와 우레와 번개가 다 녹아서 태어난다. 슬픔과 비통, 사랑과 이별, 그리워하며 보낸 세월이 녹아 있다.

그것은 인생이란 하나의 주제가 끝없이 변주되면서 한순간도 정체됨이 없이 흐르면서 바다로 가는 것과 같다. 삶의 순간마다 예고되지 않은 새로운 가락이 끼어들어 파도가 일고, 희, 로, 애, 락의 변주는 끝없이 이어지리라.

우리는 기다린다. 아무것도 모르면서 해가 없는 밤을 눈을 감고, 해가 떠오르는 아침을 기다리는 새와 같이 내 가슴에 사랑이 있는 한 그 사랑을 믿고 꽃을 피우기 위해 아침을 기다린다.

이제 우리는 송미경이 연주하는 변주곡 속에 파묻혀 그녀의 삶과 문학을 조명하면서 그녀의 내면을 걸어가 볼 일이다. 사랑의 변주곡 속으로….

2.

인생이란 한마디로 관계라고 할 수 있을 것이다. 그것은 태어나면서 수없이 만남과 이별의 연속이기 때문이다. 나라는 존재가 있기까지 우주와 자연의 끊임없는 작용이 있었고, 하늘과 공기와 바람과 산과 바다와 나무와 풀들과 꽃들이 피고 지면서 나를 둘러싸고 주시하고 있는 것이다.

맨 먼저 부모의 유전자를 받아서 태어나서 부모와 자식의 관계로부터 출발하여 가족과 이웃과 친구를 만나고 사회와 직업과 생활을 갖게 되고 종교와 만나서 인생관과 세계관과 내세관을 갖게 되면서 나라는 인생을 정립하게 되기 때문에 인생이란 한마디로 관계맺음이라 할 것이다.

송미경은 참 많은 사람과 교류하고 있다. 그의 폰에는 천 사람의 기재되어 있다. 〈천 사람 중의 한 사람〉 그렇게 많은 사람과 만난다는 것은 정서적 문화적 많은 체험을 교류하면서 다양한 삶의 궤적을 그려나가게 되는 것을 의미한다. 그러나 나의 가슴에 뿌리를 내리는 사람은 그중 몇이나 될까. 거기에는 서로가 가치를 공유하는 바람직한 만남이 있는가 하면, 서로가 상처를 주고 괴로워하는 관계도 있을 것이다. 그런 가운데 나의 삶에 잣대를 대고 곧은 직선을 그리듯이 바른 인생의 멘토를 만난다는 건 행운일 것이다. 그 사람으로 하여 내 인생의 프로스트의 두 길 중에서 어느 길을 선택했다면, 그리고 오늘의 나의 길이 되었다면, 그리고 후회하지 않는 〈천 사람 중의 한 사람〉은 어떤 사람일까.

우리는 살면서 부모와 형제, 그리고 사랑하는 사람과 친구 등 천 사람 중의 한 사람이라는 소중함만큼 보다 많은 애환을 느끼며 살고 있지 않을까.

내 휴대폰에 저장되어 있는 천 사람, 한때는 연락하고 문자를 주고받으며 바쁘게 오가던 때가 있었으리라. 지금은 희미한 기억 한편에 겨우 있는가 하면 아예 누군지도 모를 이름도 있다.

사람은 살면서 수없이 만나고 헤어지면서 인연을 맺고 살지만 정작 나의 인생에 기록할 사람은 과연 몇이나 될까?

하늘에 수없이 반짝이는 별들 중 이름을 붙여준 별들보다 이름 없는 별들이 몇 만 배, 몇 천만 배나 많지 않을까? 그 많은 별들 중 내게로 반짝이는 별은 몇 개나 될까?

휴대폰에 저장된 천 사람, 그래도 나와 눈빛을 주고받던 사람들, 그중에 어떤 위기에서도 나를 전적으로 지지해줄 사

람은 있을까? 아니, 그보다 나의 마음을 송두리째 줄 수 있는
사람은 있을까? 있다면 몇이나 될까?

나는 누구에게 반짝이는 별일까.

- 〈천 사람 중의 한 사람〉 중에서

살아가면서 우리는 수많은 사람들을 만난다. 옷깃만 스쳐
도 인연이라는데 내겐 특별히 기억 한편에 소중하게 간직하
고픈 사람이 있다. 크고 작은 산들을 무수히 품고 흐르는 큰
산맥과도 같은 분, 강물처럼 조용히 흐르면서도 바다로 가는
길을 잃지 않는 분이 계시다. 제주를 떠난 지 몇십 년이어도
제주사람보다 더 제주를 사랑하는 사람을 안다.

누구나 마음에 섬 하나씩 지니고 산다 했는가.

서울에 수십 년을 살면서도 고향을 사랑하는 뼛속까지도
제주인 사람, (중략) 까다롭고 예민할 것 같은 외모와는 달리
만날수록 소탈하고 편안함으로 다가오는 분, 한결같이 인자
하고 넉넉하신 분, 평생 인술을 베풀면서 자신보다 남을 먼
저 배려하면서 사후 본인의 시신도 기증하기로 하였다. 사람
으로 태어나서 어떻게 살아야 하는가를 몸으로 보여주시는
분. 이렇듯 훌륭한 스승을 가까이서 느낄 수 있어 행복하다.

- 〈그분〉 중에서

서랍 정리를 하다 오래전에 기록해 두었던 노트를 발견했다. 첫 장에는 '나 외엔 아무도 보지 말 것.'이라고 깨알같이 쓰여 있다. (중략) 그날그날 있었던 특별한 일들이나 느낌들을 써놓았고, 위대한 사상가들의 명언 또는 지침이 될 만한 글귀들이 한 모퉁이에 빼곡히 적혀 있다.

일기장 형식으로 된 노트에는 10년 후 또는 앞으로의 나의 모습과 계획들까지 야무지게 기록되어 있었다. (중략)

학창시절 잊을 수 없는 기억이 있다. 담임선생님은 유독 일기 쓰기에 관심이 많은 분이셨다. (중략) 그날도 선생님은 짧은 아침조회 시간에 나의 일기를 들고 말씀하시는 것이었다. (중략) 그 일이 지난 며칠 후 선생님께선 교무실로 나를 불러 칭찬과 함께 책 한 권을 선물로 주셨다.

이제 와서 생각하면 그때 선생님의 말씀이 내 속에 잠재되어 나를 형성하였을 것이다. (중략)

현재의 나의 모습은 과거로부터 한 땀 한 땀 조각되어 만들어진 모습이며, 지금의 나는 전적으로 나의 책임이다.

삶이 힘겹다고 느낄 때 걸어온 길을 돌아보면 걸어갈 길을 알 수 있을 것이다. (중략)

내 유년의 작은 수첩 속에 나의 꿈과 희망과 사랑과 그리움과 그리고 아픔이 들어 있다.

내가 그리워질 때마다 꺼내어 보고 슬플 때에 위로받는 내 마음의 보석상자이다.

- 〈내 마음의 보석상자〉 중에서

인간의 관계란 그 목적이 정치적이 아니라면, 의도적으로, 계획적으로 맺어지는 인연은 없을 것이다. 그것은 어쩌면 운명적인 것이다. 그러나 우리는 살면서 관계에 길들여지지 않은 들짐승처럼 얼마나 서툴고 거친가?

인생의 무게가 가히 우주와 같다는 것을 아는 사람에겐 세상에 어느 누구도 하찮은 존재란 없다. 그런 면에서 송미경은 이미 인연의 소중함을 깨닫고 모든 만남을 더 좋은 관계로 유지하려 애쓴다. 그게 곧 자신의 인생을 소중히 하는 것임을 알기 때문이다.

송미경은 작품 〈천 사람 중의 한 사람〉에서는 '나는 누구에게 반짝이는 별일까?'라며 자신의 삶을 성찰하면서 어느 가슴에 별이기를 소망하고 있다.

〈그분〉에서 '누구나 마음에 섬 하나씩 지니고 산다.'라고 인연을 중시하는가 하면, 〈내 마음의 보석상자〉에서 어렸을 때 또박또박 일상을 적어온 일기 형식의 수첩을 발견한다. 그리고 담임선생님의 칭찬과 책 한 권의 선물이 송미경이 수필가가 되는데 영향을 끼쳤다고 고백한다. 그 수첩은 지금도 길을 안내하는 마음의 보석상자라고 진술하고 있다.

〈노점상 할머니〉에서는 어느 누구도 눈여기지 않는 길가의 가판대를 펴고 있는 할머니, 단속반에 이리저리 쫓겨 다니는 할머니를 마치 친할머니인 듯 연민의 눈으로 아파하고 있다. 송미경은 한갓 미물과의 만남도 예사롭지 않은 인연으로 받아들인다. 그런 다정다감한 품성은 그녀만의 삶에 대한 애정과 어떤 사소한 것도 그냥 보아 넘기지 못하는 섬세하고도 여린 정서이리라.

인생이란 거친 돌이나 나무토막에다 한 땀 한 땀 쪼면서 조각하는 것과 같다.

생명은 마치 불꽃과 같아서 한순간도 정체되지 않으며 계속 움직이고 변하는 것이기에, 그러므로 인격이란 스스로 왜곡과 침체와 절망으로부터 끝없이 담금질하고 조탁하여 완성으로 나아가려는 것이다.

길가에 버려진 돌멩이도 비바람과 세월에 깎이면서 수석이 되어가듯이 완성이 없는 인생에서 송미경은 끝없이 반추하면서 자신을 저만치 두고 삶을 바라보고 있다. 그에게 사소한 것은 없으며 어느 것 하나 허투루 지나감이 없다. 깊은 사색과 성찰을 통하여 진실에 이르고자 한다. 그것은 그녀의 내면에 아름다움을 추구하는 예술적 정서로 본질에 이르고자 하는 조각가의 정과 망치로 쪼아가는 노력이라 할 것이다.

봄 햇살이 눈부시다. 도로를 따라 양옆으로 즐비하게 수놓고 있는 샛노란 유채꽃이 눈을 호사롭게 하고 먼 데서 아롱지는 아지랑이가 봄처녀처럼 수줍게 따라온다. 얼마 만에 느껴보는 봄 향기인가. 그만큼 우리는 삶에 매몰되어 계절을 잊고 살았던 것일까. (중략) 아름드리나무들이 하늘을 가리고 있다. 이래서 숲이 좋은가. 나무들로 하여 눈과 마음이 충만하여 온다. (중략)

나무들은 각자의 자리에서 꽃을 피우고 열매를 맺으며 빠짐없이 자기 기록을 나이테에 남긴다. 다람쥐 쳇바퀴 돌듯 반복되는 똑같은 날들, 바쁘다는 핑계를 입에 달고 살면서 우리는 얼마나 진정성을 가지고 나를 대하고 있는가. 새삼 한숨이 나온다. (중략)

바다가 환히 바라보이는 카페에 앉았다.

간단한 식사와 와인을 주문하고 건배를 하며 웃었다.

먼 수평선 가까이 여러 척의 배가 한가롭게 떠 있다.

산과 나무와 들판과 바다와 우리는 잊을 수 없는 그림을 그리고 있었다.

또 하나의 추억을 만들기 위하여…….

– 〈또 하나의 추억을 만들며〉

어둠이 깊게 깔린 사찰엔 밤안개가 자욱하다. 안개 사이로 쭉 뻗어 오른 나무가 엄숙하다. 수령이 반백년은 넘어선 듯하다. 사찰의 정기를 받아서인지 더욱 신성하게 느껴진다.

어느 노스님의 하신 말씀이 생각난다.

"성인은 자신을 찾고 어리석은 사람은 부처를 찾는다."

나를 떠나서는 부처를 찾을 수 없고 또한 나를 떠나 부처는 없다. 큰 깨달음을 얻었다.

부처는 절에 있는 것이 아니라 마음속에 있는 것이다. 부처님의 가르침에 따라 스스로 깨달아 부처가 되라고 하신다.

뒤늦게 불법을 만나 지혜와 자비로 보살의 길을 걷는다. 부처님의 아름다운 가르침을 실천하여 진정한 깨달음에 이르고 내 속에 한 부처님을 모시고 살리라. 그렇게 다짐하여 본다.

나무 관세음보살!

- 〈수련법회에서 나를 찾다〉

바람은 나무 사이로 휘파람을 불면서 어디론가 제 길을 찾아간다.

자연은 내게 다가와 아무것도 요구하지 않고 자연이 가지고 있는 좋은 것들을 아낌없이 내어준다. 하늘 아래 존재하는 것들은 어느 하나도 하찮은 것이 없으며 어김없이 창조의 질서를 지키며 산다.

법당에는 부처님이 자비로운 모습으로 앉아 계시고, 향을
피워 기도를 한 후 돌아서는 나에게 자연의 소리가 자꾸 따
라온다.

사람으로 태어나 한갓 풀꽃만큼도 순결하지 못한 나의 삶
이 자꾸 부끄러워진다.

- 〈석굴암의 불경소리〉

송미경은 〈또 하나의 추억 만들기〉에서 모처럼 서울에서 찾
아온 친구와 휴양림을 걸으면서 인생의 삶과 자연에 대하여
많은 얘기를 나누고 있다. 그리고 '산과 나무와 들판과 바다와
우리는 잊을 수 없는 그림을 그리고 있다.'라며 또 하나의 특
별한 추억을 만들고 있다.

때로는 매몰된 일상에서 일탈하고 싶은 것이 비단 어느 한
사람의 일은 아닐 테지만 툴툴 털고 자연 앞에 섰을 때 비로
소 내가 누구이며, 어디까지 왔으며, 무엇을 하고 있는가를 확
인하게 되나 보다.

독실한 불도이기도 한 송미경의 작품 도처에서 "산은 산이
요, 물은 물이로다."라는 생의 본질에 대한 성철스님의 선어
처럼 불교적 생의 철학을 피력하고 있다. 그녀는 한 수련회를
다녀와서 '나를 떠나서는 부처를 찾을 수 없고 또한 나를 떠
나 부처는 없다,'라는 깨달음에 도달하고 있으며 '내 속에 한

부처님을 모시고 살리라.' 마음을 다지고 있다. 〈석굴암의 불
경소리〉에서는 '향을 피워 기도를 한 후 돌아서는 나에게 자
연의 소리가 자꾸 따라온다.'라는 절창을 뽑아내고 있다.

그런가 하면 〈비운다는 것〉에서 '비워야 할 때가 된 것이다.
비워야 될 것이 어디 물건뿐이랴.' '창문 너머 하늘에 흰 구름
한 점 외롭게 떠간다.'라며 인생을 한 점 떠가는 구름에 비유
하고 있으며

〈바람 좋은 날〉에서 송미경은 해안도로를 달리면서 바다가
울부짖는 소리를 듣는다. '거대한 우주의 숨결로 자신을 지키
려는 몸부림을 보았다.' '영혼은 다시 깨어날 준비를 하고 있
었다.'라고 진술하고 있는데 그것은 다름 아닌 자신의 내면의
소리일 터이다.

수필이란 생래적으로 어차피 나의 얘기일 수밖에 없다. 넓
게 보면 '어디까지가 픽션이냐?'는 차이는 있겠으나 소설은
물론 시 역시 나의 이야기이기는 다르지 않다 할 것이다. 그
런 점에서 수필은 순도 높은 내 속의 것(체험의 성찰과 철학과 정서)
의 표출이라 할 것이다.

사람은 가족이라는 울타리 안에서 운명적 관계를 맺고, 기
본적 인격이 형성되고, 삶이 애환의 많은 부분을 경험하면서
어른이 되어가고 결국 인생을 마감할 때까지 그 질긴 끈을 이

어가는 것이다.

그러나 우리는 천륜이란 이름으로 아무렇지도 않게 상처를 주면서, 그런가 하면 견디기 어려운 인생의 위기에서 위로를 받고 다시 일어설 수 있는 힘을 가족에게서 공급받기도 한다.

수필문학에서 가족이란 소재의 끝없는 샘이라 할 수 있으며 독자에게 깊숙하게 울리는 범종소리와도 같은 것이다. 이제 우리는 송미경의 수필세계에서 가족은 어떤 의미이며 어떤 변주로 연주되고 있는지 조용히 눈감고 귀를 기울여 감상해 보고자 한다.

어머니 하면 왜 눈물부터 나는 걸까?

'어머니=무조건 사랑', 그 은혜는 하늘 같다고, 누구나 단 1초의 머뭇거림도 없이 말들을 풀어놓지만 그 사랑에 대해서 우리는 얼마나 마음속에 간직하고 있을까?

나에게 어머니는 세상에서 가장 만만한 사람, 아무렇게나 막 대해도 괜찮은 사람, 살다가 힘들고 속이 상할 때 찾아가서 투정 부리는 대상쯤의 거리에 있지 않았을까. (중략)

공항으로 마중 나가 어머니를 모셨다. 서울에 있는 큰 병원에서 수술을 받고 내려오는 길이다. 게이트로 나오시는 어머니 모습이 너무 왜소하고 낯설어 울컥 울음이 나오는 것을 겨우 참아야 했다. 아무리 큰 태풍에도 거목처럼 끄떡하지 않으실 것 같았는데….

세월이 가면 모든 것이 낡게 마련이란 것을 왜 모르겠는가? 하지만 나의 어머니는 바위처럼 언제나 그 자리에 그대로일 것만 같은 착각으로 무심하였다. (중략)

참 늦은 깨달음으로 어머니를 바라본다. (중략)

그렇게 모진 세상을 살아오신 어머니, 우리 6남매가 다 갉아먹어서 뼈와 가죽만 남으신 어머니, 운전하는 내내 차창이 자꾸만 흐려왔다.

어쩌랴, (중략)

어머니는 그래도 되는 줄 알았습니다 / 하루 종일 밭에서 죽어라 힘들게 일해도 어머니는 그래도 되는 줄 알았습니다 / 찬밥 한 덩이로 홀로 대충 부엌에·앉아 점심을 때워도 어머니는 그래도 되는 줄 알았습니다 / 한겨울 차가운 수돗물에 맨손으로 빨래를 방망이질해도 어머니는 그래도 되는 줄 알았습니다 / 배부르다 생각 없다 손톱이 깎을 수조차 없이 닳고 문드러져도 어머니는 그래도 되는 줄 알았습니다 / 아버지가 화내고 자식들이 속 썩여도 끄떡없는 어머니의 모습 / 돌아가신 외할머니 보고 싶으시다고 그것이 그냥 넋두리인 줄만 알았습니다 / 한밤중 자다 깨어 방구석에서 한없이 소리 죽여 울던 어머니를 본 후 어머니는 그러면 안 되는 것이었습니다.

　　　　　　- 심순덕의 시, 〈어머니는 그래도 되는 줄 알았습니다〉

　　　　　　　　　　- 〈어머니〉 중에서

아들이 훈련받고 있는 최전방은 지금도 영하의 날씨인데 앞으로 얼마나 추울까?

올겨울은 예년과 달리 유난히 춥다던데….

아들의 체취를 느끼고 싶어 훈련소에서 보내온 옷가지며 편지를 책상 위에 가지런히 놓아두었다. 일주일이 멀다고 보내오는 편지가 아들의 책상 위에 수북이 쌓여 간다. 조금 있으면 자대 배치가 되고 휴가도 나오겠지. 날마다 대문 밖에서 아들의 휴가를 기다리고 있다.

문득 먼저 아들을 군에 보낸 선배 엄마의 농담 삼아 던진 경험담이 떠오른다.

처음 휴가 올 땐 신발 벗고 달려가서 얼싸안고, 일병 달아서 오면 '또 휴가 왔니?' 하고, 고참 상병이 돼서 올 때쯤이면 '왜 이렇게 자주 오니, 비행기 값이 얼만데?' 한다는 우스갯소리를 들은 적이 있다.

아들아, 아무러면 어떠냐? 나는 오늘도 네 첫 휴가 소식을 기다리면서 김광석의 '이등병의 편지'를 듣고 있다.

"집 떠나와 열차 타고 훈련소로 가던 날 부모님께 큰절하고 대문 밖을 나설 때…."

사랑한다, 아들아. 저 들판의 소나무처럼 푸르거라.

- 〈이등병의 편지〉

아버님이 많이 아프시다. 나에게는 그저 독감이라고 하였지만 그게 아니었다. (중략)

아버님이 많이 아프시다. 나에게는 그저 독감이라고 하였지만 그게 아니었다. (중략)

아버님의 호출에 다녀와서는 남편은 아무 말 없이 우두커니 앉아 있다. 순간 분위기가 심상치 않음을 직감하였다. (중략) 남편이 무거운 침묵을 깨고 입을 열었다. 그 순간 나의 머릿속이 하얘지는 것을 느꼈다. (중략) 하염없이 눈물이 났다. (중략)

이른 새벽 전화벨이 울렸다. 무슨 일인가 불안한 마음으로 수화기를 들자 아버님이셨다. 차분하게 가라앉은 목소리로 뜬금없이 내 계좌번호를 알려 달라는 것이다. 뜻밖에도 내 첫 작품집을 낼 때 쓰라며 돈을 입금하겠다고 하신다.

"그간 맏며느리로 들어와 고생이 많았다. 등단 10년에 남들처럼 책 한 권 제대로 내지 못한 게 늘 마음에 앙금으로 남았다. 네가 늘 고마웠다." 아버님은 나직한 목소리로 차근차근 말씀을 하신다. 이미 운명을 받아들이기로 마음먹고 생의 주변을 정리하려는 듯이 들렸다. (중략)

그간 한눈팔 새 없이 삶에 쫓기며 여기까지 오는 동안 시부모님께 소홀했던 후회가 파도처럼 밀려왔다. 그러나 여기서 더 후회할 수는 없다. 지푸라기라도 잡고 싶은 심정으로 서둘러 남편과 함께 아버님을 모시고 서울대병원을 찾았다.

큰 병원에서 정확한 진단을 받고 앞으로의 대책을 세우기로
하였다. (중략)

아버님은 의식도 또렷하시고 안색도 평온하셨다. 한 치의
흐트러짐도 없이 의연하시다. (중략)

'진인사대천명'

남은 생이 얼마가 될지는 신만이 알고 있다. 더 늦기 전에
내가 할 수 있는 모든 일들을 최선을 다하리라 마음을 다졌다.

‒ 〈더 늦기 전에〉

문학의 어느 장르에서나 '어머니'는 늘 등장하는 소재다. 특
히 수필과 시에서 '어머니'는 쓰고 또 써도 다함이 없는 소재
다. 모든 생명은 어머니의 고통을 걸어 나온다. 그것은 곧 '신
은 모든 곳에 있을 수 없어 어머니를 보냈다.'는 말의 근원이
기도 하다.

송미경은 〈어머니〉에서 '어머니, 하면 왜 눈물이 날까?' '어
머니=눈물'이라는 등식을 제시하면서 끝없는 후회의 정을 억
제하지 못한다. 그것은 세상의 모든 자식의 공통분모일 수도
있을 것이다. 어머니는 늘 그 자리에 나를 위하여 모든 것을
다 주는 나무처럼 서 있어야 된다는 모든 자식들의 이기적 사
고를 바탕에 깔고 있다. 그 무지한 사고가 깨어지고 어머니의
자리가 휑하게 비었을 때 그제야 청천벽력이 되는 것이다. 돌

이킬 수 없는 후회 앞에서 눈물을 흘리지 않을 수 없는 것이리라.

송미경은 〈어머니는 그래도 되는 줄 알았습니다〉라는 심순덕의 시로 어머니의 갚을 길 없는 사랑과 건널 수 없는 나락 같은 후회를 진술하고 있다.

〈이등병의 편지〉에서는 아들에 대한 바보사랑을 피력하면서 김광석의 노래 '이등병의 편지'를 듣는다.

송미경은 54편의 수필을 묶으면서 표제작으로 〈더 늦기 전에〉를 정한 것은 시아버지에 대한 그의 사랑이 유별나다는 말이겠지만 '며느리 사랑은 시아버지'라는 흔한 얘기가 아니다. 시한부 생명 앞에서 누구보다 힘든 사람은 본인일 텐데 내색도 않으시고, 등단 12년에 작품집을 내지 못하는 며느리가 그간 안타까웠다며 천만 원을 주셨다는 것이다. 늦게야 시아버지의 병이 위중함을 알고 오열하면서 더 늦기 전에 더는 후회하지 않겠다고 진인사대천명의 의지를 다지고 있다.

그런가 하면 〈노랑나비의 향연〉에서, 중학생이 된 딸을 데리고 할머니의 산소를 찾아가서 "이제야 왔습니다." 인사를 드리며 '왜 사람은 꽃처럼 지면 안 되나?' 돌아가실 때의 힘들었던 상황과 유별난 할머니의 사랑에 잠긴다. 그때 웬 노랑나비가 팔랑팔랑 날아와서 어깨에 앉았다가 날아가자, 감회에 젖는다.

가족이란 그런 것이다. 가족이란 이름으로 상처를 주면서도 그 상처를 싸매고 치료하고 위무해 주는 것이 가족이기도 하다.

자연이란 인간에게 어떤 의미인가?

인류가 자랑하는 문명은 인간의 욕망을 채우기 위하여 자연을 파괴하는데 기여하고 있다. 신은 자연을 잘 관리하고 보전하라고 사람에게 특권을 부여했는데 인간은 그 특권을 자기의 욕망을 채우는데 악용하고 있다. 제동장치가 파괴된 자동차처럼 나락으로 내달리고 있는 현실 앞에서 우리는 자연에 대하여 겸손하여야 한다. 내가 슬플 때, 아플 때 그리고 지칠 때 자연의 품에 안기면 자연은 값없이 치유하여 주고 위무하여 준다.

인간이 가지고 있는 것, 인간이 자랑하는 문명 또한 자연에서 뺏어온 것들이다.

인간의 오만으로 파괴된 것들을 자연은 피를 흘리며 치유하고 보전하려고 숨을 헐떡이고 있다.

송미경은 자연 앞에서 무엇을 보고, 무엇을 생각하고, 어떤 대화를 나누고 있는가? 이제 그녀의 얘기에 귀를 기울여 보자.

허수아비 어깨 너머로 가을이 익어간다.
계절의 여왕 코스모스가 온 들판을 수놓고 있다.

들숨 날숨으로 가슴 깊이 공기가 달콤하고, 몽롱하던 머리에 향수를 뿌린다. (중략)

이 아름다운 계절을 만나려고 이른 봄부터 그렇게 눈코 뜰 새 없이 달려왔는지도 모른다.

지난여름은 유난히 무더웠다. 무더위에 치이고 일에 치이고 삶에 치여 데친 나물처럼 처진 마음을 보상이라도 하듯 가을 하늘은 청아하다.

감추려고 / 감추려고 / 애를 쓰는데도 / 어느새 / 살짝 삐져나오는 / 이 붉은 그리움은 / 제 탓이 아니예요

─ 이해인 〈석류의 말〉 중에서

(중략) 한 점 도자기처럼 바다 위에 떠 있는 일출봉. 그다지 높지도 크지도 않지만 신비하고 아기자기한 모습. 가히 신이 빚어놓은 걸작임에 분명하다.

정상에 오르니 푸른 바다가 끝없이 펼쳐져 있고 분화구의 하얀 억새들이 일제히 손을 흔들며 반긴다.

아, 여기 가을이 깊다. 저 환호 속으로 한 식경쯤 빠져서 세상을 잊고 싶다.

─ 〈가을에 빠지다〉 중에서

사계절 산과 바다는 우리에겐 더할 수 없는 놀이터였고, 먹을 것들을 제공해주는 풍성한 추억의 산실이었다. 어느덧 시간이 흘러 어린 시절을 떠올리며 이제는 그리움에 젖어 회상한다. 그래도 내 마음은 산과 바다와의 교감이랄까, 자연과 하나가 되었던, 그렇게 살았던 몸의 기억으로 지금도 즐거운 명함으로 천장에 시선을 줄 때가 있다.

내게 고향의 산과 바다란 다정한 친구이자, 그리움이자, 사랑이 아닌가.

자연은 바라보는 것만으로도 말 없는 스승으로 내게 온다.

그리고 자연으로 사는 법을 가르쳐준다.

파도가 차르르- 차르르- 자꾸 알작지를 쓸어내린다.

- 〈자연의 언어〉 중에서

1박 2일의 일정으로 떠난 여행은 나름대로 즐거운 시간이었다.

떠나올 때와는 다르게 배는 잔잔한 바다 위를 미끄러지고 있었다.

바닷바람이 기분 좋게 불어오고 무엇에 끌리듯 갑판으로 나섰다. 뭔가에 짓눌렸던 가슴이 시원히 뚫리는 것 같다. 날마다 반복되는 일상에서 얼마나 일탈을 꿈꾸었던가.

나를 속박하는 사람은 아무도 없지만, 그래도 늘 시멘트

벽으로 된 작은 방에서 숨을 헐떡이고 있었다. 나는 내 자신에게 갇혀 있었던 것이다.

불빛 하나 없는 밤바다에서 바라보는 별들은 유난히 청량하게 반짝이고 있었다.

북두칠성을 찾았다. 그리고 끝자리에 북극성이 길을 안내하고 있었다.

나의 걸어온 길과 걸어갈 길을 생각하였다. 자유란 주어지는 것이 아니고 내 안에 내장되어 있다고 별들이 속삭이고 있었다. 한라산이 실루엣으로 다가오면서 산지항의 불빛들이 은하수처럼 흐르고 있었다.

- 〈자유를 꿈꾸며〉

3.

'예술의 본질적 성격은 자연의 모방에 있다.'고 아리스토텔레스는 말했다. 그러나 그것은 '기계적 묘사가 아닌 존재 속의 본질의 모방'이라 했다.

자연과 인간은 필연적 관계를 이루고 있으며, 그래서 어쩔 수 없이 표현과 관찰의 대상으로 있다 하겠다. 그러나 그것은 자연을 그 외형적인 형과 색채가 아닌 그 너머의 창조 질서와 진리, 곧 생의 본질에 대하여 작가는 관심을 갖는다고 하겠다. 자연과의 대화, 이를 통하여 인생에 의미를 부여하고 진리에

다가가려 하는 것이다.

그런 의미에서 송미경의 수필은 자연의 품에서 자연과의 깊은 대화 속에서 인간을 재조명하고 있다. 그는 고달픈 삶에서 도망치고 싶을 때 자연을 찾고 있으며 위로받고 삶의 에너지를 공급받고 있다.

〈가을에 빠지다〉에서 삶에 치여 데친 나물처럼 처질 때 '아, 여기 가을이 깊다. 저 환호 속으로 한 식경쯤 빠져서 세상을 잊고 싶다.'고 자연에서 구원을 청하고 〈자연의 언어〉에서 '그리고 자연으로 사는 법을 가르쳐 준다. 파도가 차르르-, 차르르- 자꾸 알작지를 쓸어내린다.'라며 사는 법을 배우고 있다.

〈자유를 꿈꾸며〉에서 '불빛 하나 없는 밤바다에서 바라보는 별들은 유난히 청량하게 반짝이고 있었다. 북두칠성을 찾았다. 그리고 끝자리에 북극성이 길을 안내하고 있었다.'라며 길을 찾고 있다.

위에서 열거한 예시 외에도 〈한라산을 오르며〉, 〈영주산의 가을〉, 〈섬 속의 섬 우도〉 등에서도 삶의 에너지를 공급받고 있다.

여기서 더 무엇을 말한다는 것은 지루한 군더더기에 지나지 않다.

'인간은 생각하는 갈대이다.' 파스칼의 〈팡세〉에 나오는 명언이다. 이도 성서의 '상한 갈대'에서 연유했지만 갈대란 얼마나 연약한 식물인가? 아주 소소한 바람에도 견디지 못하고 잘 흔들린다. 그러나 끈질기다. 아무리 흔들려도 꺾이지 않는다. 생각하는 갈대란 생각할 수 있어서 인간은 절대 연약하지 않고 지구의 모든 생물체 중에서 가장 상층에 위치하게 되었다는 얘기이기도 할 것이다. 생각하는 힘, 그것으로 인류는 세계를 정복하고 최고의 문명을 이룩했지만 그것으로 종말을 예고하고 있다고도 할 수 있다. 반면 인류를 파멸에서 구원할 무엇이 있다면 그 또한 인간의 생각하는 힘일 것이다.

그러나 우리는 송미경의 수필세계에서 그런 거대담론이 아닌 한 인간 개체의 삶을 바라보고자 하는 것이다. 연약한 갈대와 같이 늘 흔들리는 인간, 늘 맞닥뜨리는 상황에서 흔들리며 피해 가고 싶은 삶의 문제, 곧 어떻게 살아야 잘 사는 것일까를 송미경 작가는 어떻게 고민하고 걸러내고 있을까? 즉 만남과 이별, 아픔과 슬픔, 사랑과 그리움 등 아무도 피할 수 없는 극히 사소한 듯 심각한 삶의 본질에 대한 그의 사색은 어떤 통찰을 얻어내고 있을까?

그녀의 작품 속으로 걸어가 보자.

무엇이 나를 이곳으로 이끌었을까?
낯선 거리를 배회하는 이방인처럼 누군가에게 이끌리어

나도 모르게 들어선 곳이 김영갑갤러리 두모악. (중략)

흔한 제주 돌로 쌓은 나지막한 울타리에 나지막한 집, 폐교된 삼달초등학교 분교를 매입하여 그의 갤러리를 조성하였다. 그러나 김영갑갤러리 두모악에 들어서면 결코 나지막하지가 않다. 전에도 몇 번 다녀간 적이 있지만 그때마다 나는 갈증 같은 그리움에 젖어들곤 하였다. (중략)

콘크리트 벽면엔 살아생전 초원을 누비며 그가 포착한 제주 자연의 순간들이 살아서 나를 바라본다. 그것은 늘 쉽게 만나고 지나가는 제주의 자연이 아니다. 그는 한순간을 포착하기 위하여 한 개의 바위처럼 아니면 나무가 되어 하루고 이틀이고 기다렸다. 눈이 오나 비가 오나 그 자리에서 제주 자연이 그를 찾아올 때까지 기다렸다.

늘 혼자였고 늘 외로웠고 그리고 배가 고팠지만 기다렸다. 루게릭병으로 점점 사지가 경직되어 갔지만 그는 카메라의 셔터에서 손을 떼지 않았다. (중략)

그들은 무엇을 보려고 찾아오는 것일까?

그의 작품에서는 그의 예술혼이 살아서 타오르고 있다.

그의 작품에선 늘 바람이 불고 있다. 제주의 바다와 제주의 돌과 그리고 어머니의 젖가슴 같은 오름과 구름과 억새와 나무들이 바람으로 울고 있다. 우리는 소리치는 제주의 바람 소리를 그의 작품에서 듣는다. 아니 그가 우리 가슴으로 불어오고 있다.

그는 갔지만 그 자리에 여전히 기다리고 있다.

- 〈만남, 그리고 이별 그 후〉

무력감에 빠져드는 오후, 일탈의 자유를 위하여 무작정 핸들을 잡았다.

천근만근 피로를 질질 끌면서 누군가 손짓하는 듯 산업도로를 들어섰다. 저만치 금악오름이 시커먼 실루엣으로 다가올 때쯤, '아, 삼뫼소가 이 근처에 있지.' 친구의 얼굴처럼 떠올랐다. 예전에 언니와 자주 찾던 곳이다. (중략)

호수는 깊은 상념에서 좀체 깨어날 줄 모른다. 철모르는 잠자리들은 물 위에 작은 동그라미를 그리고, 물장구들은 이따금씩 발걸음을 띄우며 전혀 바쁘지 않다고 한다.

어느새 나는 한 마리 고추잠자리, 통통통 예쁜 돌을 튕기며 물 위에 동그라미를 그리고 있다. (중략)

성모 마리아상 앞에서 기도 드렸다.

'더 이상 과거라는 옷을 입고 방황하지 않게 하여 주소서.'

'머릿속에 가득 차 있는 관념의 미로에서 길을 잃지 않게 하여 주소서.'

(중략) 더 이상 슬프지 않는데 왜 알 수 없는 눈물이 얼굴을

타고 내리는 걸까.

사위는 한없이 고요하고, 어디선가 무언의 속삭임인 듯 잔
뜩 찌푸렸던 구름 사이로 지는 햇살이 부챗살처럼 호수 위로
쏟아져 내렸다. (중략)

야니의 피아노 연주곡이 가슴에서 콩콩 뛰어다닌다.

생떽쥐베리의 '어린왕자'의 사막 어딘가에 아름다운 샘물
이 졸졸 소리 내며 흐른다.

- 〈삼뇌소의 교향곡〉

기장과 승무원은 연달아 방송 멘트를 한다.

"기류가 심한 지역을 통과하고 있습니다. 기상 악화와 더
불어 비행기가 유난히 흔들리고 있으니 승객 여러분들께서
는 안전벨트를 매었는지 다시 확인하고 안전에 유의하시기
를 바랍니다."

기내등도 꺼지고 사람들이 숨죽인 고요 속에 어린아이는
악을 쓰며 울어댄다. 기내엔 무섭도록 침묵의 공포가 밀려든
다. 이러다가 잘못되는 게 아닌가. 요즘 들어 터지는 대형사
고의 현장이 떠오르며 온몸이 떨려왔다. (중략) 아이들과 남
편은…. (중략) 찰나에 만감이 교차하였다.

"잠시 후 제주공항에 착륙할 예정입니다."

승무원의 멘트가 흐르고, 실내등이 들어오고 비행기는 언제 그랬냐는 듯이 순항하고 있었다.

겨우 십오 분 남짓인데 세상에서 가장 긴 시간이었다. (중략)

예정된 죽음으로부터 자유로운 사람은 없다. 주어진 짧은 생에서 진정한 삶의 가치를 추구하며 아름다운 인생을 마감하여야 하리라.

출구를 나오는데 남편이 웃으며 손을 흔들고 있었다.

차를 타고 오는 내내 기내에서의 급박한 상황을 즐거운 새처럼 재잘댔다.

말없이 듣고 있던 남편이 '툭' 한마디 던진다.

"웬일이야, 기회에 장가 한 번 더 들 뻔했는데…"

― 〈추락하는 데도 날개가 있다면〉

〈만남, 그리고 이별 그 후〉에서 송미경은 전에도 몇 번 찾았던 김영갑의 갤러리 두모악을 무엇엔가 이끌리어 다시 찾는다.

송미경은 루게릭병으로 48세의 나이에 요절한 사진작가 김영갑의 불꽃같은 삶과 그의 작품에서 경직되어 가는 손가락으로 셔터를 놓지 않은 예술혼을 보았다. 그리고 '소리치는 제주의 바람소리를 그의 작품에서 듣는다. 아니 그가 우리 가슴으로 불어오고 있다.

인간은 만남과 이별, 그 후 무엇으로 남는가?

그는 갔지만 그 자리에 여전히 기다리고 있다.'라며 작품 속에 살아 있는 김영갑을 만나고 있다.

〈삼뫼소의 교향곡〉에서 작가는 깊은 상념에서 깨어날 줄 모르는 호수와 고추잠자리와 물장구와 하나가 되어 있다. 그리고 성모 마리아상 앞에서 '더 이상 과거라는 옷을 입고 방황하지 않게 하여 주소서.' 기도한다. 그러자 생떽쥐베리의 '어린왕자'의 사막 어딘가에 흐르는 샘물이 졸졸 흐르는 소리를 듣는다. 그녀의 깊은 사색이 물아일체의 경지에 도달하고 있음을 말함이다.

〈추락하는 데도 날개가 있다면〉에서 그는 요동치는 비행기의 공포 속에서 죽음에 직면한 자의 그 짧은 순간의 많은 생각을 경험한다. 그 얘기를 듣고 남편은 "웬일이야, 기회에 장가 한 번 더 들 뻔했는데….'라고 눙치더라며 정말 눙치는 재치를 보이기도 한다.

〈용서〉용서의 한계는 어디까지일까, 머리로는 수없이 용서하였다면서 '깨진 언어의 조각들이 잔재로 남아서 나를 찌른다.'며 반성한다.

〈새로운 시작을 위하여〉에서는 세상 끝날 때 남는 것은 따뜻한 마음과 살아가면서 쌓은 선행뿐이라며, '또 다른 시작을 위하여… 가슴 한쪽에서 새로운 사랑이 꿈틀거린다.'는 고백을 한다.

〈초롱이〉에서 잃어버렸던 초롱이가 돌아왔다. 부랴부랴 목욕시키고 우선 이름표부터 달아 주었다. 어느새 초롱이는 헤어져서는 안 될 우리 가족이었다. 한갓 강아지에게도 사랑고백을 하고 있다.

〈노점상 할머니〉에서 노점상 단속에 이리저리 숨어 다니면서도, '아무리 고돼도 노점상을 하는 것은 삶 그 자체'라며 할머니의 실존을 진술하고 있다.

〈따뜻한 위안〉에서는 사회적 약자에게 왕따시키는 우리 사회의 부조리를 고발하면서 '언제나 그 자리에 놓여 있는 자리끼 같은 그릇이고 싶다.'며 소외되는 자에게 작은 위안이 되고자 한다.

〈꽃들에게 희망을〉에서는 13년 만의 한파로 말라죽었던 것들이 새봄이 되어 새싹을 틔우는 것에서 식물의 영혼을 본다. 〈아기 금붕어의 구출 작전〉에서는 큰 것들에 치이는 아기 금붕어를 격리시키면서 역시 약자에게 힘이 되고자 한다. 이처럼 송미경은 한갓 미물도 가족으로 받아들이고 있으며 특히 사회적 약자에게 많은 관심과 애정을 표현하고 있다.

우리는 살아가면서 누구나 한 번쯤 자신의 인생을 획기적으로 바꿔 놓을 만한 계기가 주어진다고 한다. 그것은 어떤 인연일 수도 있고 한 권의 책일 수도 있다.

나에게는 살면서 두고두고 잊을 수 없는 만남이 있다. (중략) 겉으로는 온화하고 평화로워 보였다. 뒤늦게 알게 된 사실이지만 그의 내면에는 해결하지 못한 문제를 안고 고뇌에 차 있었다는 것이다. 나와 스스럼없이 웃으며 만나던 그때가 지금껏 쌓아놓은 모든 것이 한꺼번에 무너져 내리는, 생에 가장 힘든 시기였다고 한다. (중략) 가까이 지내던 사람들조차 눈길 한 번 주지 않고 하나, 둘 그렇게 떠나는 것이었다. 그뿐 아니라 뒤에서 수군거리며 손가락질까지 하는 것이다. 나 또한 혹 불똥이 튈까 은근히 걱정을 하면서도 그 어떤 이끌림으로 차마 외면하고 떠날 수 없었다. (중략)

누구나 저마다의 그릇이 있다면 나는 별로 눈에 띄지 않는, 언제나 그 자리에 놓여 있는 자리끼 같은 그릇이고 싶다. 그렇게 나의 길을 돌아보면서 누구도 기억하지 않는 작은 위안이었으면 싶다.

— 〈따뜻한 위안〉 중에서

낡은 집을 헐어 새집을 지었다.

남향으로 자리하고 있어 햇살이 밝은 집, 내가 꿈꾸던 아름다운 집이다. 그렇게 원하던 딸아이 방도 만들고 컴퓨터가 놓인 나만의 서재도 꾸몄다. 정신적 휴식공간으로 테라스에 정원을 만들어 나무와 꽃들도 심었다. (중략)

집 안에서 자연을 음미할 수 있다는 게 얼마나 행복한 일인가. (중략)

그런 나의 행복도 잠시, 올 겨울 13년 만에 찾아온 한파로 정원은 초토화가 되고 말았다.

나무들은 주저앉고, 일일이 어루만지며 정성을 기울였지만 가꾸던 꽃들은 폭탄을 맞은 듯 축 늘어져 소생할 기미가 없다. 나는 왜 진작 이 어린 생명들의 아우성을 듣지 못했을까. (중략)

그래도 봄은 어김없이 찾아왔다. 폐허 같은 정원을 참담하게 살펴보던 나는 '아, 식물에게도 영혼이 있었구나!' 화들짝 깨어났다. 말라비틀어진 가지에서 새싹이 돋아나고, 얼어붙었던 화분에서 어린 새순이 보이는 게 아닌가. 신비하고 경이로운 순간이었다. (중략)

이 기회에 서점에서 식물에 관련된 책을 몇 권 샀다. 그게 저 어린 영혼들에 대한 최소한의 예의이며 보상일 것이라는 생각에서….

- 〈꽃들에게 희망을〉 중에서

우리 집 거실 한쪽에 수족관이 있고 금붕어들이 유영하고 있다.

몇 년 전 집을 마련할 때 거실과 부엌 사이 칸막이 대용으로 수족관을 들인 후 금붕어들은 우리 가족이 되었다. (중략)

새로 데리고 온 아기 금붕어는 온데간데없이 사라지고 그나마 필사적으로 살아남은 금붕어는 꼬리는 물론 몸통이며 온통 잘려서 살려 달라고 아우성이다. 원래 기르던 큰 금붕어가 질투를 했는지 새로운 무리들에게 공격을 한 것이다. 그냥 두었다가는 어린 것들이 무사하지 않을 것 같아 그중 가장 힘이 센 큰 붕어를 다른 곳에 보내기로 하였다. 집 근처 목관아에 대형 연못이 있다. (중략) 우리 금붕어는 흰색에 큰 점을 띠고 있어서 식별하기가 어렵지 않았다. 아직 적응이 덜 되어서일까, 무리들 사이에서 따로 떨어져 놀고 있다. 먹이를 한 줌 쥐어 줬더니 반갑다고 꼬리를 살살 흔들며 빼꼼거린다. (중략)

오랜만에 우리 집 수족관은 평화가 찾아왔다. 작은 열대어들도 아기 금붕어와 어우러져 유유히 활보하는 모습이 앙증맞다. 아무 보잘것없는 하찮은 생명들이지만 우리 가족에게 웃음을 주는 소중한 존재이다.

- 〈아기 금붕어 구출작전〉 중에서

4.

송미경의 수필을 일별하고 눈을 감으니 잔잔한 물결이 출렁이고 있었다.

문학은 언어를 조탁하여 꽃을 피워내는 것이다. 한 송이 꽃이 피려면 한겨울 얼어붙은 땅속에서 꿈을 꾸어야 하고 그 꿈을 끝없이 다듬어야 한다. 그런 고통의 과정 없이 꽃은 피어나지 못한다.

언어는 들판에 질주하는 주인이 없는 야생마와 같고 작가는 야생마를 준마로 육성하는 조련사라 할 것이다. 우리를 둘러싸고 있는 온갖 사물과 현상들에 대해서 오랜 시간 끝없이 조우하면서 교감하는 어느 지점에서 하나가 될 때에 작품은 탄생하는 것이리라. 생태적으로 수필이 나의 표현일 수밖에 없으며. 수필은 해답이 없는 삶의 고뇌와 끝없이 질문하면서 어느 한 지점에 도달하려는 노력일 것이다. 끊임없는 노력, 그 자체로 인생이며 그래서 인간이라는 텍스트에는 완성이란 없다. 그래서 꽃은 영원히 꽃으로 남지 못하고 이내 지고 마는 것이리라. 그러나 꽃은 지지만 지워지지는 않는다. 그러기에 한 편의 수필은 내 속에서 피워낸 꽃이며 어느 가슴에 아름다운 기억으로 가슴에 살아 있을 것이다. 꽃이 아름다운 것은 지기 때문이다. 항상 그 자리에 있을 줄로 알았던 부모님이 그 자리를 비웠을 때 우리는 후회하며 오열하지만 우리 가슴에 영원한 사랑과 그리움으로 남아 있게 되는 것이다.

송미경은 그의 삶 속에서 해독할 수 없는 현상과 행태, 굽이 굽이 밀려오는 파도 앞에서 때로는 좌절하고, 절규하고 소리 쳐 울면서 멀리 걸어왔다. 이제 그는 스스로 다독일 줄도 알고 아픔을 품을 줄도 안다.

꽃이란 남에게 보이려고 피는 것이 아니다. 그것은 내 속의 아픔과 사랑과 그리움이다. 그래서 송미경은 이내 녹아서 없어질 눈사람의 목에다 목도리를 둘러 주고 모자를 씌워 주고 있다.

더 늦기 전에

초판 인쇄 2018년 6월 08일
초판 발행 2018년 6월 15일

지은이 송미경
펴낸이 노용제
펴낸곳 정은출판

주 소 04558 서울시 중구 창경궁로1길 29 (3F)
전 화 02-2272-8807
팩 스 02-2277-1350
출판등록 제2-4053호(2004. 10. 27)
이메일 rossjw@hanmail.net

ISBN 978-89-5824-365-6(03810)
값 12,000 원